自由になれるDictionary

浅見帆帆子

サンマーク出版

自由になれるDictionary

はじめに

「自分の夢」を思うとき、よく考えてみると、自分が想像できる枠の範囲内だけで考えていることがありませんか？ その枠、実はいらないと思うのです。考え方の「枠」をはずして自由になれば、あなたはあなたのなりたいものになれる……自分の夢も、制限をつける必要はなく、もっと本音で望むところを自由に想像していいと思うのです。

人は、その人が定義しているとおりのことしか経験できません。
たとえば「夢」という言葉に対して、「かなえるもの、ワクワクするもの」と定義している人は、自分がワクワクすることを夢にして、向かう途中もワクワクと思い続け、「その気持ちこそが夢を持つ醍醐味」と感じるでしょう。
「夢はかなわないもの、だからこそ追い求める」と定義していれば、そこに向かう気持ちも、達成する方法も違ってきます。「なにかを追い求める」ということに価値を感じるかもしれません。
たとえば「親」という言葉を聞いたとき、反射的に「口うるさい」というイメージが湧けば、親がなにかを言うたびに、「またうるさいことを言っている」と捉えますが、「自分のことを一番に考えてくれる存在」と眺めている人にとっては、同じことを言われたとしても「優しいなあ、ありがたいなあ」と感じるのです。
どちらが「よい、悪い」ではなく、自分が無意識に定義しているとおりに反応し、それにふさわしい経験をしていく、ということです。

自分が「絶対にこう」と思っていることは、実は自分の世界だけの思い込みです。その枠を広げると、

○もっと人生を楽しんでいい

○もっと自由に思い描いていい

○もっと楽しく実現してしまっていい

と、自分の中のストッパーがはずれるのです。

自分の限界を決めていたのは、環境や資質ではなく、実は自分自身(=自分が定義していること)だったんだ……と気付きます。

この本は、「私はその言葉をこう捉えている」という私自身のDictionaryです。ランダムに1000語を選びましたが、その言葉を見たとき聞いたときに、すぐにイメージが浮かぶことだけを書きました。使い方はまったく自由です。読んでいるうちに、自然と考え方の枠がはずれるかもしれないし、悩み事が小さく感じるかもしれないし、新しい自分を発見するかもしれません。

自分は自分のなりたいものになれる、そう思うと、それだけで「人生って楽しい」と感じます。世界が違って見えて、ワクワクしてくるのです。

浅見帆帆子

あ

［a］

あい・と・こい【愛と恋】

恋はバタバタする。苦しさ、せつなさなどの感情の上下があり、それ自体を楽しむもの。愛は、穏やか。どんな状態になっても乱されず、相手をそのまま受け入れる。愛に変わることのできる恋は素晴らしい。恋愛の途中になにか出来事（事件）が起こったとき、恋は、ひとつ間違えると一瞬で嫉妬や憎悪に変わることもある……または消滅するときもある。それを乗り越えることができると、いつのまにか愛になっている。

Florence, Italy

あい【愛】

1. 不滅。生きる喜び。宇宙の法則。決して見返りを求めないもの。奇跡を起こすもの。

2. 「愛」を学ぶために人はこの世に生まれてきたと思う。なにかの判断に迷ったとき、「これは愛に基づいているかな?」と考える。

アイディア【idea】

突然思いつくように感じるけれど、求めていた気持ちが積み重なってはじけた結果。

あう【会う】

会ってみたい人はいますか?という質問をたまにされるけれど……特にいない。会うべき縁のある人であれば、いつか自然と出会うと思うから。

あかちゃん【赤ちゃん】

最高の癒し。

あかるい【明るい】

それだけで救われることがたくさんある。

あき【秋】

金木犀の香り。「四季のある国っていいなあ」としみじみ感じるのは、たいてい秋。

あきらめる【諦める】

断念するのではなく、気が変わっただけ。それを思っても心からワクワクしなかったから方向転換をしただけ。

あきる【飽きる】

やめればいい。やりたいときが、またいつかやってくるから大丈夫。

あくにん【悪人】

悪人にも悪人なりの役割があると思う。全員が聖人だったら、この世は成り立たない。

あく【悪】

悪を善(光)の環境にポンと入れてあげると、だんだんと善に変わる。善の圧倒的な光にうたれて、いつのまにか自然に変わるのだろう。

あげあし【あげ足(をとる)】

疲れるからやめて。

あこがれ【憧れ】

1.あの人のようになりたいと思える人とは、交流を深めてそばにいよう。「聡明で知的なあの人だったら、こういうときどう対処するかな?」と意識して、自分をその人と同調させる。すると自分もレベルアップする。

2.自分にあこがれるくらいになれれば、本物なんだって(笑)。自分のこと、気に入ってはいるけどあこがれるまでではないなあ(笑)。

あさ【麻】

真っ白な麻のシャツとパンツ。ワンピースやジャケット……麻はしわになりやすいけれど、その分、最高におしゃれ。

あさひ【朝日】

最高の気持ちで一日を始められる魔法の光。考え事は、朝日の中で。

あした【明日】

明日もいい日になるはず。

あしもとを・みる【足許を見る】

消耗品だからこそ、きれいだと目立つし気分もいい。「足許(あしもと)を見る」、というのは悪い言葉ではない。

アジア【Asia】

今一番関心があること、それがアジア平和。世界平和というと途方もないのだけれど、アジア平和であればイメージが浮かぶ。

あじわう【味わう】

1. 人間に生まれてきた意味は、人生に起こるいろいろな出来事を、体と心を使ってじっくり味わうためだと思う。
2. 日常生活のひとつひとつを丁寧に味わおうとすると、すべてが楽しく感じられる。
3. 不安や心配からしてしまった嫌な想像は、モヤモヤの気持ちを味わう前にスッパリとやめること。

あたらしい【新しい】

毎朝「今日も新しい自分」のつもり。

あめ【雨】

部屋の中がしっとりと落ち着く日。ゆっくりと作業ができる日。読書も進み、お酒もおいしく感じる日。

あらそう【争う】

まわりに争いごとが起こるというのは、自分がそれと引き合っているから。直接自分には関係ないことでも、まわりに争い事が起こるうちは、まだまだダメだなあと思う。

ありがたい【有り難い】

あることが難しいこと。だから自然と感謝したくなる。

アンティーク【antique】

家具は好き。ジュエリーは思いがこもっていそうなので、ちょっと遠ざけ気味。

アンテナ【antenna】

人は、自分がアンテナを立てていることだけに反応する。アンテナを立てていないと、そこにあっても見えず、言われても耳に届かない。自分が望んでいることにアンテナを立てて暮らせば、必ずそれにふさわしい情報をキャッチできる。

Florence, Italy

い

［i］

イメージ【image】

イメージするのが上手だと、実現しやすい。夢を実現させるには、状況よりも、幸せな気持ち（感情）をイメージすること。嫌なことが実現しやすい人は、嫌なことのイメージが鮮明だからだ。同じ鮮明さで、夢をイメージすればいい。

いいかげん【いい加減】

その人にとってのいい加減。自分に無駄なストレスを与えない方法。

いいわけ【言い訳】

1．してもいいけど、すぐばれる。うっかり変なこと（病気や事故など）を言い訳にすると、そのとおりになるから要注意。

2．相手がすでに怒りモードに入っていたら、言い訳と説明はいいから早く解決策を！

いえ【家】

世界中で一番居心地のいい場所にするべき。それに近づけるために、日々の小さな手入れが必要。

いかり【怒り】

どんな種類のことに怒りを感じるかで、その人の価値観がわかる。どのくらいのことに怒りを感じるかで、その人の器がわかる。

いかり【錨】

あの「形」がなんとなく好きで、なにかのロゴに使おうと思ったこともあったけど、「怒り」と同音なので、やめた。

いがい【意外】

興味を持つきっかけになることがある。

いきとうごう【意気投合】

一時的なものか、心の深くから同調しているかを見極めよう。

いきる【生きる】

この世に生まれ、いろいろな出来事や感情を味わうこと。自分と他人の幸せを実現していくこと。

いごこち【居心地】

完成しているのだけど終わりというわけではないし、満たされているのだけど、同時に次の望みに向かっていい……この「止まっているような、流れているような感覚」であるとき、最高に居心地がいい。

いしき【意識】

物事を動かす原動力。そこに意識を向けてはじめて、見えたり聞こえたりする。

いしつ【異質】

面白さ。

いしゃ【医者】

人の裸や死を見る仕事とは、前世からのなにかの縁があるに違いない。いつか、血や肉の内部などを見ることなく治療できる方法が出てくると思う。

いじょう・きしょう【異常気象】

地球の叫び。人類への警告。

いそがしい【忙しい】

たしかに毎日はすごく忙しいけれど、好きなことや大事なこと（人）のための時間はたっぷりある。

いぞん【依存】

自分以外のなにかに依存しても、結局は幸せにならない。答えは自分の中にある。依存できるのは、自分だけ。

いたずら【悪戯】

ワクワクしながらいたずらできる相手がいることがうれしい。

いっきいちゆう【一喜一憂】

全体を大きく見れば、目の前のことに一喜一憂しなくなる。

いっさんかたんそ【一酸化炭素】

密閉されたお風呂場でキャンドルをつけて入るのは、一酸化炭素中毒で死ぬ可能性がある、と聞いて驚いた。キャンドルをつけたまま本を読んでいて、寝ちゃっていたことがあったから。

いっしょう【一生】

どこまで生きる喜びを味わうことができるか。どこまでワクワクすることを追って、自分を燃やすことができるか。どこまで自分がなりたいものになれるか。

いでん【遺伝】

親からだけではなく、祖父母、そのまた祖父母……さらに前の人生（前世）の自分の要素も遺伝して、今の自分がいると思う。いい部分はありがたく受け継いで、改善したいところは自分が変えられる。

いぬ【犬】

癒しのひとつ。飼い主と犬は、たいていそっくり（笑）。犬が人間の言葉を話せたら、普段は見えていないいろんなことを語ってくれるはず。

いのなかのかわず【井の中の蛙】

もっとも苦手な種類の人。

いのり【祈り】
小さいときは、寝る前にいつもお祈りをしていた。「～～になりますように。それにふさわしい私になったら、神様どうぞかなえてください」……夢をイメージすることは、祈りに似ている。

いま【今】
「今を大切に」⇦これは、小学校のときの聖書の先生が、6年間いつも繰り返し伝えてくれた言葉……今ならよくわかる。今の繰り返しが未来だ。変えることができるのは、この目の前の「今」だけ。

いみ【意味】
起きることには、すべて意味がある。これが起きた意味はなんだろう？と考えると、必ず自分へのメッセージが隠されているのがわかる。

いやし【癒し】
なにをすると自分は癒されるか、それを知っていると便利。

いわう【祝う】
小さなことでもお祝い事にして集まろう。

いわかん【違和感】
その環境に自分を合わせることができないのであれば、違和感のない環境を探したほうがいい。

インテリア【interior】
自分や家族が落ち着くために、お気に入りの雰囲気をめいっぱい表現する。自分の好きなものに囲まれれば、パワーをもらえる。

Oahu, Hawaii

う

[u]

うたがう【疑う】

1. 悲劇のはじまり。こちらの想像もつかないようなひねくれた疑いをする人は、人としての次元が違うのだと思う。

2. 夢の実現が遠くなる。せっかく宇宙にオーダーしてシナリオができていたのに、疑うたびにそれが揺らぐから。

どうして待てないの？
さっきも開けたでしょ!!
もう少しだったのに…

ウォーキング【walking】

一種の瞑想の時間。音楽を聞きながら、自分をチューニングする時間。頭をボーッとさせて、ひらめきを待つ時間。

うけいれる【受け入れる】

受け入れることで、一歩前進する。世界が開ける。受け入れようと決めると、意外と楽しいことが見つかったりする。

うごく【動く】

1．頭や知識でわかっていても、日常生活で動いてこそ。

2．ワクワクすることを思いついたら、即動こう。

うしなう【失う】

自然の流れ。新しいものが入ってくるために、スペースを空けること。

うそ【嘘】

いつか必ずばれるので、つくなら覚悟を!!

状況を考えた優しいウソは、もしわかっても気付かないフリをしたい。

うたう【歌う】

大きな声で歌うと、スッキリする。車の中ではよく歌っている。

うちゅう【宇宙】

はかり知れない叡智。すべてがある。

うちゅうじん【宇宙人】

そりゃあ、いるでしょう。広い宇宙に私たちだけのはずがない。みんなが想像している姿形ではないと思うけれど。地球人の中に、混じっているかもしれないし。

うつくしい【美しい】

いつも、自分なりに美しくなる努力を！

美しいと感じる物（人）を自分のまわりに！

「美しい」の波動にふさわしくなる。

うっとり

やる気の原動力。うっとりできるもので、自分のまわりを満たそう。

うつわ【器】

持って生まれた器の大きさは人によってたしかに違う。でも、その器いっぱいに明るい気持ちをあふれさせると、その人は完璧な幸せを味わうことができる。大きな器でスカスカよりも、小さな器で満杯のほうが力がある。

Rome, Italy

うぬぼれ【自惚れ】

謙遜しすぎる人より、私は好き。

うばう【奪う】

1. 奪おうとする意識でなにかをすると、必ず自分に返ってくる。
2. 奪われた側は、「奪われた」と思い込んでいるだけで、実はもう必要がなかったりする。奪われた途端に惜しくなっただけ。

うみ【海】

東京の真ん中でも、条件がそろうと海の匂いがすることがある。海のそばに住んだことはないのに、懐かしくなるのはなぜだろう。

うらぎり【裏切り】

過度の期待から生じるもの。ひとり合点の場合もある。心から信頼している人に対しては、他人から見たら「裏切り」と思えるようなことが起こったとしても、「きっと、なにか事情があったんだろう」と捉えることができる。

うらない【占い】

自分の持っている本来の特性（星）を、よりよく生かすために参考にするのは効果的。でも、未来に対して「こっちを選んだら幸or不幸？」の判断を求めることはできない。「幸、不幸になるか」ではなく、「自分がどうしたいか」だ。

うらやましい【羨ましい】

明るい「うらやましい」は、原動力になることもある。

うわさ【噂】

1. 自分のも他人のも興味ない。伝える人の個人的な感想が追加されているから。

2. 相手が嫌な思いをするだろうという噂を耳に入れるのは、心配してあげているのでもなんでもない。相手がよいほうへ向かうような言い方をしなければ、不安をあおるだけで意味がない。

直接 話した自分の感想
それがすべて

一緒にいるときの相手が
ボクにとってはすべて

うん【運】

1. 実力。

2. 運のよい出来事、悪い出来事、というのは実はない。起こることすべてに意味があって、流れの中の大事な過程のひとつと実感すると「運がよい、悪い」という感覚はなくなり、起こることはただの「出来事」に過ぎなくなる。

うんめい【運命】

もし、人生で起こることが100％決まっているのであれば、安心して、自分のワクワクすることに打ち込める。起こることが決まっていないのであれば……ますます自由に、ワクワクしたことに進める（笑）。だから、運命が決まっていても決まっていなくてもどちらでもいい。どちらにしても、その人が今回の人生での役目をまっとうするように進んでいると思う。

え

［e］

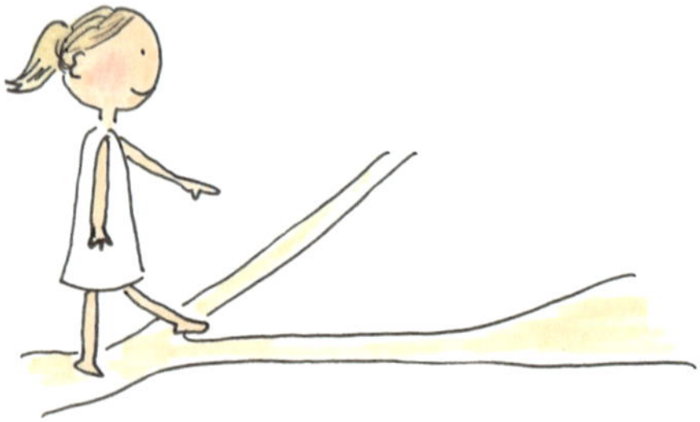

えだ【枝】

未来の枝分かれは、瞬間瞬間に無数にあると思う。自分の望むほうへ意識を向けると、その枝（可能性）がググーッと広がる。

え【絵】
選ぶときは、「これが好き」という自分の基準で。描くときは、自分のために描く。

えいえん【永遠】
「愛」は永遠だけど、ひとつの「状況」が永遠に続くことは不可能。逆に言うと、「最悪」という状況も永遠に続くわけではない。今、八方ふさがりに感じても、時間と共に確実に変わる。

えいが【映画】
私にとっては、優雅で幸せな気持ちのモードになるために見るもの。素敵な女性の出てくる映画を見ると、やる気が湧く。ハッピーエンドが好き。

えいきょう【影響】
自分の心がしっかりしていれば、いちいちまわりに影響を受けることは減る。その上で、本当に影響を受ける出来事にはたくさん出会いたい。

えいご【英語】
コミュニケーション能力の高い人は英語もうまい。

えいぞう【映像】
殺戮、戦い、ドロドロの人間関係など、心に暗く残るものは見ないようにしている。終わったあとも、その暗い気持ちが残り、現実世界の足をひっぱることがあるから。

えがお【笑顔】
誰にでもできる、癒しの力。

エジプト【Egypt】
古代エジプト王族の衣装や装飾品に、どうしようもなく惹かれる。なにか縁があるのだろう。

エステ【esthetic】
モチベーションを上げるために行く。頻繁に通わないのであれば、毎日の美容習慣のほうが効果的。

エネルギー【energy】
人、物、出来事、どんなものにでも、それにふさわしいエネルギーがある。自分と違う種類のエネルギーの中にいると、違和感がある。違和感があるからこそ、自然に離れたりくっついたりするけれど、最後は、そのエネルギーの大きさや種類と合うところに自然と落ち着く。自分が望むエネルギーの環境に自分を置けば、そのエネルギーにそまる。「波動の質」とも言える。(⇨波動の欄、参照)

えほん【絵本】
グーッとのめりこむ、私にとっての原点。時間を忘れてひたれる世界。子供にも大人にも必要なもの。

えらぶ【選ぶ】
今の生活は、全部自分が選んできた結果。毎日の選択のたびに、自分が幸せを感じるほうを素直に選んでいけば、その先に、その人の幸せの形がある。

エレガント【elegant】
すべてにおいて「バランスのいい人」。たとえば、態度や外見が粗野なのはたしかにエレガントではないけれど、態度や外見の美しさが必要以上に目立つ人は、「それが浮き出てしまっている」という意味で、エレガントではない。本当にエレガントな人は、さりげない。

えん【縁】
1. 惹かれる理由。
2. 縁があるとしか言いようのない出来事ってある。「その人にはそういう縁があるんだな」と思って眺めると、他人の理解しにくい行動にも納得できることがある。
3. 必要な人とは、必要なときに出会う。

えんき【延期】
もっともふさわしいときのために、ちょっと待つこと。

えんぎ【縁起】
縁起が悪いとされていることは、やはりしないほうがいい。いいことだけを思い込む。

えんにち【縁日】
音と匂いがする。デートでお祭りの縁日に行きたくなるのは、なぜだろう。

えんぴつ【鉛筆】
打ち合わせで使っていたら、驚かれた。消しゴムを使ったら、もっと驚かれた。古いのかな。黒芯の、書いたときの感触が好き。

えんりょ【遠慮】
自分の望み(夢)に対しては、遠慮は無用。宇宙(神様)から見たら、遠慮している人の夢は後まわしだ。いい遠慮……状況を見て、無理強いをしないこと。悪い遠慮……本音を言わないこと。

Rome, Italy

お

［o］

ジャッジしなくていい

他人の幸せは
他人の自由

おもいこみ【思い込み】

1. 大きなパワーになる。反面、「枠」として縛られることもある。

2. 今の自分を幸せと思い込める人は、幸せ指数が高い。

おうえん【応援】
言葉には出さなくても、心の中でしっかり応援してくれている人はたくさんいる。

おうどう【王道】
人の決めた「最高」にふりまわされている判断基準。

おうよう【鷹揚】
余裕。

おおげさ【大げさ】
1.喜びごとは大げさに。
2.なんでも大げさに話す人って、慣れてくると、本当に大きなことなのかわからなくなる。

おおさかべん【大阪弁】
同じことを大阪弁で言うだけで楽しく聞こえる。シリアスにならなくていい。

おおもの【大物】
まわりにまどわされず、自分のやり方を見つめている人。

オーラ【aura】
1.大きさ、色、種類……いろいろで面白い。人によっても、そのときによっても違うらしいということは、その人の魂の状態や経験値が現われているのだろう。
2.有名人や権力者には必ずある、というわけではない。

おきにいり【お気に入り】
好きな言葉。

おくりもの【贈り物】
選んでいるときの気持ちが最高。自分が好

きなもの（独断でいい）を選びたい。

おこる【起こる】

最高のタイミングで、起こるべくして起こる。

おしい【惜しい】

「もう少しだったのに、ダメだった」ではなく、「90％くらいはよかった」ということ。

おしえる【教える】

伝えること。教えたことが相手の中でどんなふうに育つかは、相手次第。

おしつける【押し付ける】

考え方が違うのは問題ないけど、自分の考え方を他人に押しつけることに問題がある。

おしゃれ【御洒落】

1．自分の好きなスタイルを崩さない人。

2．おしゃれをしようと思うだけで外見は変わる。心のあらわれなので、なんでもいいと思うのは、会う相手にも失礼。

おそれ【恐れ】

1．思い込み。

2．恐れが根底にある言動は、いい結果にならない。

おそろい【お揃い】

ちょこっとがうれしい。

おたく【オタク】

ひとつのことにそこまで集中できるのは素晴らしい。今活躍している人は、かつてのオタクということがよくある。

Capri, Italy

おちる【落ちる】
一時的なもの。このときになにかの決断をしてはダメ。恋人にメールをしてもダメ(笑)。余計なことまで書いちゃうから。

おとぎばなし【お伽噺】
かなり深いことを伝えていることが多いけれど、伝え方は残虐な描写だったりする。

おとこと・おんな【男と女】
1.「男だから」「女だから」という枠は必要ないけれど、絶対的に役割は違う。男性と同じエネルギーで競う必要はなく、女性だからこそのエネルギーで力を発揮すればいい。
2. 自分と違うものを受け入れるための、一番わかりやすい対象。

おとな【大人】
なにかに依存していない人。他人には他人の価値観とやり方がある、ということを認めている人。

おどる【踊る】
踊る人になってみたかったなあ、とたまに思う。すごく自由になれそう。あ、別に今からでもいいんだよね。

おまけ
かわいい。

おまもり【お守り】
「これで大丈夫」と安心することができれば、どんなお守りでも効果を発揮する。

おみくじ【御神籤】
今の自分にぴったりの言葉を引き寄せる。自分の波動が選んでいる。

おもいで【思い出】
心の平安。

おもちゃ【玩具】
親がどんなおもちゃを与えていたかで、親の価値観や感性が見えることがある。親の目から見て、色合いの素晴らしいもの、感性を刺激するもの、よくできているなあと思うものを選びたい。

おや【親】
1. いるだけでありがたい存在。今の自分がなにかに笑えたり、いろいろなことを経験したりできるのは、親がこの世に生んでくれたおかげ。
2. 親でさえ、自分が選んで生まれてきていると思う。この人たちの子供になる意味があった。

オレンジ(色)【orange】
私に合う(エネルギー的に合う)色は、オレンジと紺とゴールドらしい。たしかに、オレンジの洋服はたくさんある。紺も一番落ち着く。ジュエリーも、シルバーやプラチナより、ゴールドが好き。

おんがく【音楽】
エネルギーが盛り上がることを助けてくれる。音楽にひたっていると、そのあと、とてもいい状態で仕事ができる。

か

[ka]

みんなに同じエネルギーが流れている。
神様のエネルギー……
だから私にもブタにも木にも花にも神がいる。

かみ【神】

1. 木にも花にも、どんなものにもある。同じように、自分の中にもある。
2. 偉大な叡智。宇宙そのもの。
3. 自分のまいた種は、いいことも悪いことも自分に返ってくるという因果応報の法則そのもの。

かいほう【解放】

もう、その問題から自分を解放してあげてもいいんじゃない？　そのほうが自分も相手も楽だよ。

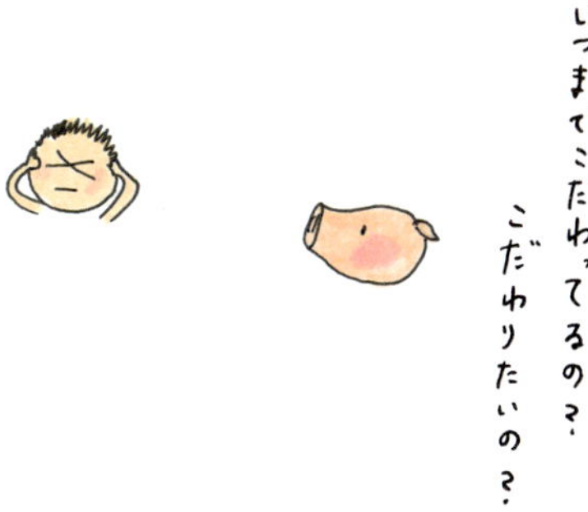

かいがら【貝がら】

昔から貝の形が好き。大きなものも、小さなものも。あんなにきれいなものが海岸に落ちているなんて、すごい。

かいもの【買い物】

ものとの出会いも縁だから、ハッと思ったら迷わずに購入（特に旅先）。身につけるものは、迷ったら買わない。あとで必ず着なくなるから。

かお【顔】

美人、ハンサムという次元ではなく、品格をあらわしている「いい顔」がある。

かおり【香り】

感情を操作する。「いい香り♪」の中にいると、自分（魂）のレベルが上がると思う。家族が暮らす家、自分の部屋も、好きな香りでいっぱいにしておきたい。

かがく【科学】

宇宙から智恵のインスピレーションをもらい、人間が発展させたもの。科学者が、最後はスピリチュアルな分野に到達するように、今の人間にはまだ説明できない部分も含んで、科学だと思う。

かがみ【鏡】

まわりに集まる人、起こる出来事、すべては自分の鏡。

かがやく【輝く】

なにかに夢中になっているとき。幸せを感

じているとき。ウキウキ、ワクワクしているとき……だから夢に向かっている人は輝いている。

かく【書く】
気持ちの整理。

かくご【覚悟】
覚悟してかかれば、恐いことはそれほどない。その覚悟をしたいかどうか。

かくしん【核心】
ズバッと真正面から突くと、逆効果になることがある。

かくしん【確信】
物事を加速させる。疑いなく信じる心の状態になれたら、夢の半分はかなった感じ。

かくだい【拡大】
意識を集中したものが拡大する。欠点に焦点を当てていると絶望的な気持ちに、悲しさを見つめ続ければ、どこまでも暗くなれる。うれしいことを拡大させよう。

かけら【欠片】
全体よりも、大切で貴重なものに感じる。

かこ【過去】
いいことだけを思い出す。嫌な過去を思い出すと、そのときの波動に戻され、「今」に悪い影響を与えるから。

かさ【傘】
ほとんど持たない。必要ない。

かざり【飾り】
変なものなら、ないほうがいい(笑)。

カジュアル【casual】
洋服の場合、カジュアルになると本当のセンスが出る。

かす【貸す】
人にお金を貸すときは、あげると思って貸すこと。あげると思えない人には、はじめから貸さないこと。

かぜ【風邪】
ちょっと立ち止まったほうがいいよ、という合図。これを機会に堂々とのんびりしよう。

かちかん【価値観】
100人いたら、100通り。いい悪いはない。

かっこいい【格好いい】
まずは自己満足でいい。

かてい【過程】
過程からは想像もつかないほど、ビッグな結果もある。夢を宇宙にオーダーしたら、過程も宇宙におまかせ。

かなう【叶う】
その物事に、自分がふさわしくなったこと。環境も心も見合ったからこそかなう。

かなしみ【悲しみ】
を経験すると、感情に幅が出る。

かね【(お)金】

1. エネルギーの一種。入り方と出し方のエネルギーがそのまま自分に返ってくる。
2.「お金にはこだわっていない」とわざわざ言うことこそ、こだわっている証拠。

かのうせい【可能性】

1%でもあれば、信じる力+行動+時間の経過で大きくなる。

かべ【壁】

突破する方法は意外とたくさんある。

カラオケ(ボックス)

空気は悪いけど、あの個室独特の「歌うぞモード」がいい。

からだ【体】

「自分の体を好きになる」……いまいちこの感覚がわからなかった。でも、自分の体を気に入っている(好きな)ときは、体型のことを考えないから食べ物のことも考えず、結果的に痩せる。逆に、体の嫌いなところを考えていると、そのストレスで余計に食べて太る。好きになると、自然と手入れをするようになるので、ますます輝く。

カルマ【karma】

今回の人生でなんとなくうまくいかない分野、それが前世からのカルマなんだろう。その分野を通して、なにか学ぶことがあるありがたい経験。

かれる【枯れる】

深み。次の命への準備。

かわる【変わる】

1. 心の基準は不変だけど、環境には柔軟でありたい。
2. 変わりたいと思った瞬間に人は変わり始める。自分が変われば、まわりも変わる。

かんかく【感覚】

いくら言葉で説明できても、自分の感覚で実感していないと説得力がない。感覚でわかっていれば、それでいい。

かんがえる【考える】

自分の本音はなにか、と探ること。

かんきょう【環境】

1. 環境が人をつくる。でも、その環境は自分でつくれるから、環境のせいにはできない。
2. 自分の経験したいことに合った環境を、無意識に選んでいると思う。

かんげき【感激】

魂が喜んでいるとき。

かんしゃ【感謝】

幸せを感じる方法。

かんじょう【感情】

1. これまでの経験や思い込みからくる条件反射。感情と事実を切り離すと、客観的に見える。自分の感情をじっくりと観察することが大事。
2. 自分がそこにどんな感情を持つかで、次の行動が決まる。幸せの基準は、起きた物事の内容ではなく、自分の感情で決まる。

かんせい【感性】

感性が同じだと、一気に仲良くなる。感性のない人は、「感性がない」ということすらわからないことが多い。

かんちがい【勘違い】

自分の勘違いだと気付いたら、テヘッと笑って早く認めてしまおう。

かんどう【感動】

1. 新しい世界を知って、意識の次元が広がるとき。
2. ひらめきが増える。
3. 感動の多い人は若返る。

がけっぷち【崖っぷち】

飛び降りてみたら、意外と崖じゃなかったということがある。「崖」と思いたかっただけだったりする。

がまん【我慢】

1. 少しの我慢は、状況によって必要なこともある。長い我慢は、いつか必ず、その無理が出る。
2. 無理な我慢をしている人というのは、エライわけではなく、「自分が居心地よく感じる状態（納得できる状態）にもっていく努力を放棄した」ということ。我慢をしなくて済んでいる人は、わがままなのではなく、「我慢をしなくて済む状態を努力して作り出している」ということ。

がんこ【頑固】

信念がある人には多い性格。行きすぎると、本人が苦しくなる。

がんばる【頑張る】

1. 自分が大切にしていることや、守りたいと思うこと、「今がポイント」と感じるときは全力で頑張るが、それ以外は頑張らなくていい。
2. 必死に頑張ろうとしているのは、無理をしている証拠だったりする。本当に心が望んでいることに向かっているとき、「頑張る」という感覚はない。

Rome, Italy

き

[ki]

自分の好きな木ってある

き【木】

地球のエネルギーを直接吸収して生きているのは「木」だけ。だから「木」から「気」をもらえる。

きおく【記憶】
過去への個人的な感想。

きく【聞く】
まず、相手の話をじっくりと聞きたい。聞いているようで、次に自分が話すことを考えている人っている(笑)。

きげん【期限】
不自由になる。

きじゅん【基準】
自分の本音が「いい!」と感じているかどうか。愛に基づいているかどうか。

キス【kiss】
考えただけで幸せ。

きず【傷】
治る。でも、ほじくり返す必要ナシ。

きずつく【傷つく】
傷つきやすいのも癖のひとつ。他人の言動や言葉に、いちいち傷つかないと決めよう。

きせき【奇跡】
人間としての自分が想像できる限りで「起こるはずがない」と思うのが奇跡。でも、その枠のない無限の宇宙から見れば、「起こり得ない」ということはない。枠を取り払って信じることができれば、奇跡は起こる。

きづく【気付く】
その一瞬で人生が変わることがある。もっと早く気付けばよかった……いや、気付いた今こそが最高のタイミング。

きのう【昨日】
きのうのことは、もう過去。

きばらし【気晴らし】
仕事で動きまわっていたときに、「気晴らしになるかと思って」と、友人がちょっとしたプレゼントを送ってくれた。気晴らしをさせてくれる人がいるなんて……そっちのあたたかさのほうが気晴らしになった。

きぶん【気分】
考えると楽しい気分になることは、そっちに進んでOKという合図。モヤモヤした気分になることは、立ち止まって考える合図。そのときの気分、というのも立派な理由。

きぼう【希望】
今は可能性の低いことでも、なにが起こるかはわからない。先の予想はあくまで予想。だから、捉え方次第でどんな状況にでも希望はある。

きめる【決める】
決められないときは、決めなくていいとき。心が定まるまで決めない、と決めればいい。

キャパシティ【capacity】
自分のキャパに、いつも少し余裕があるようにしておくこと。いっぱいいっぱいになったら、ひとりで高速回転をさせるのではなく、そのとき余裕のある仲間にお願いする。

きゅうか【休暇】
休暇をとる、という響きが好き。過ごし方次第でパワーアップできる。

きょう【今日】
なにが起こるか、ドキドキ♪

きょういく【教育】
時間が経って、やっと実るのがわかる。

きょうだい【兄弟】
兄弟仲良く……我が家で遺言のように重きを置かれていること。

きょうふ【恐怖】
国家レベルになると、戦争になる。

きょうみ【興味】
興味が湧いたことは、まずためしにやってみる。やってみて違うと思ったら、やめればいい。

きょうゆう【共有】
他の人には通じなかった感覚を共有したとき……男女だと恋愛に発展する可能性大。

きょり【距離】
距離感が近ければ、実際の距離は問題にならない。

きらい【嫌い】
1．嫌いなことを並べていくと、自分がどんな種類のことが苦手なのかわかる。
2．一種の枠。意識の次元が広がると、嫌いなものは減っていく。

Oahu, Hawaii

きらく【気楽】

「気楽でいいねえ」は、ほめ言葉。どんな環境でも、自然とプラス思考をしている人。

ねえ
気が楽になるように
努力してるんだよ
知ってるよ（笑）

きる【切る】

これはダメだと思ったら、しっかりと切ることも必要。物理的には切らなくても、心の中で線を引くこと。

きんし【禁止】

1．禁止されたほうが、したくなるときがある。それまで、したいなんて思ってもいなかったのに……。

2．相手に禁止したことは、自分もできなくなる。

きんちょう【緊張】

普段の自分よりよく見せようと思うときになるもの。失敗をイメージしているから起こるもの。

ぎせい【犠牲】

悲しみのエネルギーをともなうから、長続きしない。

ぎむ（かん）【義務（感）】

夫としての、妻としての、親としての、子供としての、○○としての義務……そう言い聞かせなくても自然とできるのが一番いい。義務感でなにかをするのは、するほうもされるほうも苦しい。

ぎょうじ【行事】

季節の行事、家族の行事、すべてイベントとして大きく楽しむ。伝統として守る。

く

［ku］

くも【雲】

特定の形に見えるとき、「なにかのメッセージかな？」と思う。

くうき【空気】

1. 場の空気が悪いと盛り上がらない。
2. 朝起きたら、淀んだ空気を入れ替えるために大きく窓を開けよう。

くうこう【空港】

無条件にワクワクするところ。お迎えに行くのも好き。

くうふく【空腹】

最近感じていない(笑)。

くされえん【腐れ縁】

愛情と勘違いしていることがある。

クジ【籤】

小さい頃、クジを引くと絶対になにかが当たる子だった。まわりの人もそう思っていたし、自分は絶対に当たると思い込んでいたから、その意識が「当たり」を引いていたんだろう。面白いことに、大人になってからこの特技はなくなった。「そんなこと言って、当たらなかったらどうしよう」という思いを持つようになったからだと思う。

くつ【靴】

消耗品こそ、いいものを選ぶこと。手入れをして、きれいに並べること。(⇨足許を見る、を参照)

くに【国】

戦争状態ではなく、明日の命を心配する必要のない国に生まれたことが、まずありがたい。

くふう【工夫】

ひらめきに近い。工夫してできたことは、楽しさ倍増。

くべつ【区別】

これとあれは違うもの、ときちんと区別することは必要。そこに「いい、悪い」「上、下」の色をつけ始めるのは差別。区別しているはずが、いつのまにか差別にならないように注意。

くみあわせ【組み合わせ】

組み合わせ次第で、何倍もの力になることもあれば、逆のこともある。自分にとってはいい組み合わせであるAさんが、他の人にとって同じかどうかはわからない(逆もそう)。

クリエイティブ【creative】

すべての作業にある。人と話すときも、今日の洋服を選ぶときも、目の前の雑用にもある。

クリスマス【Christmas】

今年は天井までありそうな大きなクリスマスツリーがほしい。クリスマスに向かっている12月も、またすごくいい。

くるま【車】

移動する私の部屋。運転するのも好き。リラックス空間。かわいいペット（名前もついている）。

くるものこばまずさるものおわず【来るもの拒まず、去るもの追わず】

来るものは、自分の本音の感覚で、ある程度選別を！　去るものは、今はなにかがずれているということで追わなくていい。必要なときに、また出会う。

くろ【黒】

私にはあまり似合う色ではないので、お葬式以外はフォーマルな場でもほとんど着ない。

くんれん【訓練】

意に反したことをしなくてはいけないとき、「今は、嫌なことを一時的にしなくてはいけない訓練なんだ」と思うことにしている。そうすると、ゲームみたい。プラス思考も、感情のコントロールも、一生のあいだ、ずっと訓練。楽しい訓練。

ぐうぜん【偶然】

いい偶然は得したことのように感じ、悪い偶然は自分のせいではないと考えたいときもある。でも、どんなに小さいことでも偶然はない。偶然という殻をかぶった必然。

ぐげんか【具現化】

集中して確信を持つと、思い描いてから実現する（=具現化）までの時間が早くなる。

ぐたいてき【具体的】

イメージをするときは具体的に。具体的に表現できると現れやすくなる。

ぐち【愚痴】

心にたまったゴミは吐き出したほうがいいから、ちょっとした愚痴は必要なときもある。でも、長々と言っていても、建設的なことはなにもない。その波動にぴったりの現実（=また愚痴を言いたくなるようなこと）を引き寄せる。

グローブ【glove】

革素材のテロンとした肌触りが好き。モコモコのぬいぐるみみたいな素材も好き。そのときの気分で楽しむ。

Florence, Italy

け

［ke］

けつぼうかん【欠乏感】

いつも他人との比較が基準になっていると、
なにを実現しても欠乏感は永遠に続くと思う。

Venice, Italy

けいえい【経営】
「最高に面白い」と、ある経営者が言っていた。得意な人にまかせよう。

けいかく【計画】
計画しようと思っただけで、次にやるべきことが見えてくる。

けいけん【経験】
1. 同じ経験でも、なにを感じたかは人それぞれ。経験値だけで人の深さは判断できない。
2. 過去の経験から判断することは可能性を狭くする。あのとき失敗したとしても、今回がそうとは限らない。

けいしき【形式】
心があった上での形式がいい。形式だけにこだわりすぎると、自分も相手も息苦しくなる。

けいぞく【継続】
1. ものすごい我慢や犠牲をともなう継続は、自己満足。他人にも迷惑。
2. 自然に継続できていたことは、いつのまにか力になる。

けいたいでんわ【携帯電話】
プライベートが満載。絶対にセキュリティを!!(笑)。

ケーキ【cake】
TOPSのチョコレートケーキが永遠の定番。

けち
価値のあるところに出すときは出すという、基準がない人。

けつえきがた【血液型】
無難な話題(笑)。日本人は「○○系日本人」という区分がないから、血液型から判断する性格というのは、ある程度当たっていると思う。

けっか【結果】
1. 結果を気にしすぎると、なにもできない。
2. あくまでその時点での答え。時間制限をつけて考えたことは、いくらでも変わる可能性あり。
3. 結果だけがすべてではない。夢に向かうときも、過程にこそ大事なことがたくさんある。

けっこん【結婚】

パートナーシップを表現する方法のひとつ。価値観によって、いろいろな形があっていい。なにを「結婚」と捉えるかも、その人の自由。

けっしん【決心】

それは自分の本音かな？　無理やウソをついていないかな？　心が決まればあとは楽。

けなす【貶す】

愛のない批評。

けりをつける

もっと早くから本音のとおりに動いていれば、けりをつけるような大事（おおごと）にまで発展しなかったはず。

けんか【喧嘩】

ケンカするほど仲がいい……というのは違うと思う。しないで済むならしないほうがいい。どんな形で解決したとしても、どちらかの中に、そのときの言葉や気持ちがちょっとずつ残る。

けんきょ【謙虚】

本当にありがたいと思ったときは、自然とそうなる。

けんせい【牽制】

失敗をけん制して夢や希望を内輪加減に言っていると、そっちが実現してしまうことがある。夢や希望は全開でいい。

けんそん【謙遜】
ほめられたら、そのまま「ありがとう」と受け止めよう。必要以上に謙遜していると、先の広がりがない。

けんり【権利】
どんな人でも幸せになる権利がある。世界中の人に共通している権利。

ゲスト【guest】
盛り上げろ！　ゲスト側も、迎える側も。

げんいん【原因】
よく考えると、原因は自分にある。勝手になにかを思い込んでいたり、捉え方の問題だったり。または大事ななにかを自分に知らせるため、だったりもする。

げんかい【限界】
自分の心でのイメージの限界が、現実世界での限界。

げんご【言語】
神様はどうして違う言語をつくったのだろう。ひとつだったら楽なのに。コミュニケーション能力を学ぶためかな。違うものを受け入れるためかな。

げんそう【幻想】
（妄想を参照）

げんりげんそく【原理原則】
どんな状況でも効果のある法則。人生は、その人がイメージしていること、焦点を当てていることしか経験できない……これは原理原則。

ゲーム【game】
一番のゲームは自分が主役の人生ゲーム。楽しくやろう。

こ

［ko］

こっきょう【国境】

いずれなくなっていくはず。

こいは・もうもく【恋は盲目】

相手の短所を短所と捉えずに受け入れ、「否定」という見方をしない素晴らしい状態。

こうえん【講演】

緊張はしないけれど、特別好きではない。そのテーマひとつで一冊本が書けるくらいの内容なのに、限られた時間では表面的なことしか伝えられない気がしてしまうからかもしれない。たまに、壇上に立っているのは自分だけど、話しているのは自分ではないような気がする。うしろにいるなにか、目に見えないけれど、守護神やガイド役のような存在が、智恵を伝えてくれているような気がする。

こうかい【後悔】

過去への後悔はいっさい必要ナシ。あのときは、それが必要だった。

こうかん【交換】

交換条件を前提にしていると、続かなくなるし楽しくない。お互いの気付かないところで、勝手になにかを交換し合えているといいなあ。

こうきしん【好奇心】

旺盛なほうではないので、「お?」と気持ちが動いたことは貴重。すぐにやってみる。

こうしょう【交渉】

お互いの幸せを考えること。相手が誠心誠意向き合っていないなあと感じたときに、人は、自分の利益を守る態勢に入ってしまうと思う。

過去に焦点あてて
モヤモヤする必要ある？

ないよねぇ

こうすい【香水】
毎日をうっとりさせるもの。おしゃれの仕上げ。その香りがしたときに、「あ、○○さんの香り」と思うくらい、お気に入りの香りを定着させたい。

こうどうりょく【行動力】
気持ちが盛り上がれば、誰にでもある。行動力を養いたいと思うなら、感情を盛り上げたほうがいい。

こえ【声】
声にほれることってある。いつも真似したくなる声の人がいる。その声を与えられているということは、話して（または歌って?）伝えることに役割があるのかな。

コーヒー【coffee】
朝の香り。

こくはく【告白】
ドキドキする。するのも、されるのもいい。

こころ【心】
全部を作り出しているところ。

こせい【個性】
自分の本音のとおりに生きてきた結果。自然と出るもの。

こたえ【答え】
必ずやってくる。「これが答えだ!」と自分がはっきり感じるまで、待つこと。

こだわり【拘り】
どこにこだわりを持つかは個性のあらわれ。ありすぎると執着になる。

こつ
一応、知っておいたほうがいい。

ことだま【言霊】
「祝詞（のりと）」のように、唱えるだけで意味のある「縁起のいい言葉」だけではなく、発する言葉にはすべて力がある。言葉自体に魂があり、現実に影響を与える力を持っている、ということ。口に出しているとおりの現実を引き寄せてくるのは、言霊があるからだ。

ことば【言葉】
1．言葉にした途端、イメージが限定されてしまうことがある。今ある言葉の中から一番近いものを選んでいるだけなのに。
2．自分の使っている言葉どおりの自分（未来）になるので、自分が話す言葉には注意すること。

こどく【孤独】
生きていることに深い幸せを感じていると、孤独感はなくなる。物理的に近くにいるのに、つながっていないほうがよっぽど孤独。

こびる【媚びる】
まわりにはわかる。でも、そこまでしちゃうって、ほほえましい。

コメント【comment】
意見を言うこと……のはずなのに、状況説

明や、一般的な感想を言うだけのコメンテーターが多すぎる。

こ ろ ぶ 【転ぶ】
起きればいい。

こ ん か つ 【婚活】
なんでこんな言葉をつくってしまうんだろう。その人が「結婚したい」と心から思う人が自然と出てくるときが、その人の結婚適齢期のはずなのに、変な価値観をメディアが勝手につくっている。ふりまわされている人たちがかわいそう。

こ ん ざ つ 【混雑】
苦手。混んでいるというだけで、行きたくなくなる。

コンプレックス 【complex】
日本では劣等感として訳されることが多いけれど、「それがあってどうして悪いの?」と思ってしまう。その人の個性かもしれないのに。

こ ん ら ん 【混乱】
迷い。大事にしていることはなんだったのか、思い出そう。

ゴール 【goal】
ない。死もゴールではない。

ゴルフ 【golf】
学生のときはスポーツ、競技。社会に出てからは社交の場。性格が出る(笑)。

Amalfi, Italy

さ

［sa］

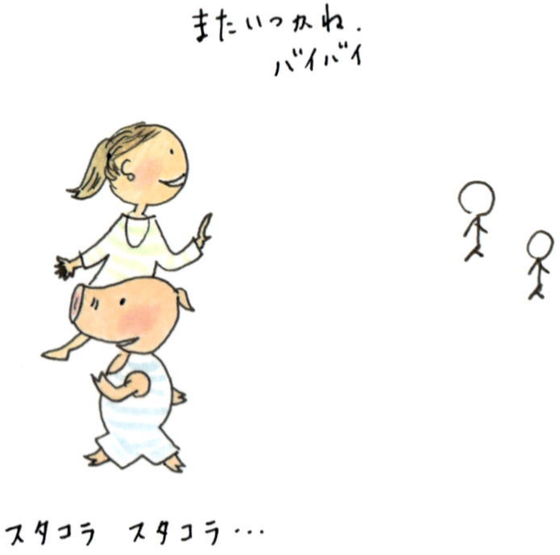
またいつかね。
バイバイ
スタコラ　スタコラ…

さる【去る】

今は波動が違うだけ。

さいかい【再会】

再会をきっかけに関係が戻るとき、以前、その人と頻繁に会っていたときの自分と同じような心の状態（波動）になっていることが多い。だから、また引き合う。

さいご【最後】

人生の最後には、なにをしてきたかではなく、どれだけ深く味わったかが残ると思う。

さいしゅっぱつ【再出発】

いつでもできる。ワクワクする。新しい自分。

さいしょ【最初】

記念。

さいのう【才能】

得意なことだから、誰にでもある。

さいふ【財布】

お金にとっては「家」だから、いつもきれいにしておくこと。レシートやカードをためこまないこと。くたびれる前にとりかえること。

さがす【探す】

探そうと意識して過ごしていたほうが、答えは早く見つかる。

さく【咲く】

つぼみのほうがきれいなときもある。

さくせん【作戦】

1. 作戦を立てても立てなくても、うまくいくものはいくし、いかないものはいかない。

2. どんな作戦にするか、仲間で考えると結束感が増す。

さぐる【探る】

探られているのって、結構わかる（笑）。

さけ【酒】

深い話に彩りが加わる。

ささえる【支える】

見えないところでたくさんの人やものが支えてくれている。おかげさま。

さそい【誘い】

誘う側：とりあえず声をかける誘い方はし

たくない。
受ける側：本音のとおりに。気が向かなかったら、サラッと辞退を！　どうしても行きたいと思ったら、予定なんてどうにでもする。

さっする【察する】
察したことを口に出さないことが美しい。

さとり【悟り】
突然ストンと大事なことに気付く瞬間がある。どうして今まで気付かなかったんだろう、とステージが上がる瞬間。これまでの積み重ねがはじけた瞬間。誰でも、その人なりの悟りを繰り返して、ちょっとずつ魂のレベルが上がっていく。

さみしい【寂しい】
ちょっとした寂しさはあってもいい。人生が楽しくなる。(深い寂しさは……孤独の欄を参照)。

さむい【寒い】
寒くて身を縮めていると、いろいろなことが滞る（とどこおる）。集中力と創造力を最大限に発揮するためには、心地よい体感温度が大事。

さりげない
格好いい。賢さ。余裕。

さわやか【爽やか】
と自分が感じられる心の状態をいつも維持したい。

さんびか【讃美歌】
無性に好き。よく聞くし、ひとりでもよく歌う。最近、友人と「はもる」のにはまっている。会うたびに、ピアノを弾きながら合唱。

ざいあくかん【罪悪感】
罪悪感を持つことで、自分を正当化している人もいる。忘れてあげたほうが自分も相手も楽になる。

ざいさん【財産】
胸を張って言えること。

ざつだん【雑談】
打ち解けるために必要な時間。雑談をしていると、いいアイディアやヒントがポンッと出てくることがある。

し

[si]

しめい【使命】

使命のあることに進むと、人はワクワクを覚える。だから、夢にワクワクするのは当たり前。心が明るく反応すること、惹かれること、興味のあること（ワクワクすること）に向かっているうちに、自然と気付く。

し【死】

死があるから生がある。生と表裏一体。死の世界から見たら、生の世界が「裏」かもしれない。今言われている「魂の旅の仕組み」が本当はどうなっているのか、死んではじめてわかる。

しあわせ【幸せ】

ここにあることに、気付くもの。

しお【塩】

お清め効果があるので、ホテルなど、新しい場所に泊まるときは身につけている。

しかく【資格】

雇ってもらうときには、ひとつの目安になるかもしれないけれど、最後には関係なくなる。

しぐさ【仕草】

ふっとした仕草が素敵な人っている。どこが相手にヒットしたのか、本人はわかっていないところがいい。

しごと【仕事】

自分を表現するもののひとつ。同じ仕事でも、その人のやり方によって経過も結果も変わるから。

しぜん【自然】

1. すべてがある。
2. 無理がなく一番うまくいく方法。

しぜんちゆりょく【自然治癒力】

怪我をしたときに、楽しいことや自分の進んでいる夢のこと（考えて居心地がよくなることならなんでも）を考えて、怪我のことをうっかり忘れていると、早く治るような気がする。細胞のひとつひとつは生きていて、本来の姿に戻ろうとしているのだから、その集合体である自分が明るい状態になると、治癒力が高まるのだろう。

したく【支度】

デートのときはうっとりできる音楽。仕事のときはノリノリの音楽。ふさわしい音楽をかけて、盛り上げる。

しつがいい【質がいい】

安心する。長続きする。これさえよければ、今はダメでもなんとかなる。

しつけ【躾】

意識することなく生活の中で自然に身についていくもの。親の価値観、教養があらわれる。自分の子供で困ったときは、自分の親がどのように自分に接していたかを思い出せばわかる。

しっと【嫉妬】

ねたむの欄を参照。

しっぱい【失敗】

新しいステージへのチャンス。「失敗は宝」⇦今でも覚えている小学校の恩師の言葉。

しつもん【質問】

知りたいことは、はっきりとわかりやすく宇宙（偉大なる叡智）に質問しておく。すると、いろいろな方法を通して、必ず答えがやってくる。

しふく【至福】

「もっともっと」と際限がない「快楽」に比べて、「至福」は長続きする。ほんの少しで幸せが全体に充満する。至福を味わっている瞬間は、本当に今このままでなにもいらない、というすごい状態になる。

しゃしん【写真】

不思議と、そのときの心情が出る。親が撮ってくれる写真が素敵に写るのは、「きれいに撮ってあげよう」という愛情たっぷりの意識が入るかららしい（by某カメラマン）。

しゅうきょう【宗教】

1．人間がつくったもの。教えは尊く素晴らしいものでも、人間がルールをつくった途端におかしいことが起こる。枠組みに属さなくても、信仰心は持てる。
2．どの宗教も大元は同じことを言っているのだと思う。その国の文化、風習、時代に合わせて、今の形をとっているだけ。

しゅうちゃく【執着】

1．夢の実現を遠ざけるもの。夢を考えると心が明るく奮い立っていたはずが、「これが実現しなくては幸せになれない」と、苦しくなり始めるところから執着に変わる。
2．「本当に必要なことは、ほうっておいてもやってくる（残る）」ということを確信していると、なにかに執着することは減る。

しゅうちゅう【集中】

イメージの具現化が早くなる。想像力（創造力）が増す。

ここだ!!
集中!!

やるときは
やるんだね

しゅうとめ【姑】

自分の最愛の人を生んでくれた人。でも永遠に他人。親しき仲にも礼儀あり。

しゅぎょう【修行】

日常生活の中にこそ、ある。修行と思うと、ゲームみたいで楽しくなる。

しゅちょう【主張】

ここぞ、というときだけでいい。

しゅっしん【出身】

どこの出身？と聞いてくる人には、なぜか東京ではない人が多い。

しゅふ【主婦】

立派な仕事。だから責任を持って楽しくやらないと。この仕事を選んだ以上、自分らしく表現して楽しむことだ。（⇨仕事の欄を参照）

アートだねェ…

しょうかい【紹介】
人と人をつなげること。でもそこから先の展開は当事者同士の責任。

しょうしんもの【小心者】
準備万端にしておくというのが長所。

しょうじき【正直】
素直とは違う。正直に言えばいい、というものでもない（笑）。

しょうてん【焦点】
どんなときでも、考えて居心地がよくなることや、自分が望むことに焦点を当て続けること。すると、それにふさわしい出来事を引き寄せるので、過去の問題から解放されたり、今の問題も解決したりする。

しょくじ【食事】
ひとりでも、誰かと一緒でも、快適な状態で楽しみたい。

しょしかんてつ【初志貫徹】
最後まで一番はじめのワクワクした気持ちを維持していたのであれば、初志貫徹は素晴らしい。でも、成長につれて考え方が変わり、興味が変わることはある。そのときは柔軟に方向転換を。はじめのことにこだわりすぎていると、幸せを見失う。達成したのにあまりうれしくない、ということが起こり得る。

しらせ【知らせ】
突然のトラブル、運やタイミングの悪さが続くときは、「神様（宇宙）からのお知らせ」だ。なにか勘違いしていないか、調子に乗っていないか、自分を見直す合図。

しれん【試練】
困ったときこそ、日頃のプラス思考や流れにまかせる生き方などを「ためして練習する（試練）」ときだ。

しろ【白】
洋服もインテリアも白は大好き。汚れたら、とりかえればいい。

しんかんせん【新幹線】
ひとりで物思いにひたる時間。

シンクロニシティ【synchronicity】
意味のある偶然の一致。なにかに迷っているときは、そっちに進んでいいよ、というサイン。日々、起こる。

しんけん【真剣】
自分で選んだあとは、それに真剣になること。すると、はじめは大して差がなかったことにも、大差が生まれる。

しんじつ【真実】
本当の真実は当事者しかわからない。

しんじる【信じる】
奇跡を起こす力。

しんせい【神聖】
無性に、ただ感じるもの。

しんせつ【親切】

1. 人にする親切は、見返りを求めないこと。逆に「親切にしていただいた」と感じたら、感謝の気持ちはめいっぱいあらわしたい。
2. 自分が思う親切が相手にとっても同じかどうかはわからない。知らんぷりをする親切もある。

しんとう【神道】

とても自然なもの。自分が生で感じるもの。その人が思うように捉えていけばいい、というところが素晴らしい。

しんねん【信念】

心のよりどころ。その信念にふさわしいように、人生が展開されていく。

しんぱい【心配】

起きてもいないことへの勝手な想像。解決策は出ない。ただ心配するだけなら、考えないほうがうまくいく。

シンプル【simple】

1. 真実は、いつも本当にシンプル。洋服も、インテリアも、最後はシンプルに行きつく。
2. 物事も人も、わかりやすいことは大切。

しんゆう【親友】

相手がどんな状態になっても、見守ってあげることができる。たとえ意見が違っても、そのままの相手を受け入れることができる。

しんらい【信頼】

されていると、力が湧く。静かなやる気の源。

じかん【時間】

1. 限りある貴重な時間をなにに割くか、実はすべて自分が決められる。
2. 深く楽しいときの時間の流れは、一瞬だけど永遠に感じるときがある。

じさぼけ【時差ボケ】

人間は習慣の生き物だなあ、と感じさせられるとき。

じしょ【辞書】

あなた自身の定義を。

じしん【自信】

なにかをするとき、「自信があるからする、自信がないからやめる」という基準はまったくない。それをしたいと思うかどうかだけ。

じつげん【実現】

意図してワクワクと思い続けながら、目の前のことに明るく向かっているといつのまにか現実に現われること。

じぶん【自分】

結構気に入っている（笑）。いつもそう思える状態でいたい。「こういう自分が嫌い」と思ってしまうときは、そんなことを思っちゃう自分もかわいい……な～んて思ったりする。

じゆう【自由】

1. 心の自由があると、どんなことも障害にならない。可能性が無限大になる。

2. 自分で責任をとれれば、どんなことも自由でいい。

3. その人がそのままでいる自由を他人が奪ってはならない。

ジュエリー【jewelry】

自分の本当に好きなものを、肌身離さずつけているような感覚が好き。肌にしっくりとなじんでいるようなつけ方。

じゅけん【受験(お受験・小学校受験)】

「お」をつけて、特別視するのが謎。親の姿勢が問われる受験。

じゅみょう【寿命】

どんなに短くても、今回の人生での役目をまっとうしたのだと思う。

じゅんあい【純愛】

本人たちがそう思っていれば、それが純愛。

じゅんかん【循環】

うまくいくことは丸く循環している。みんなが受け取って与えるシステム。みんなが笑顔になる。

じゅんすい【純粋】

それだけで心がいっぱいになれること。集中できること。

じゅんび【準備】

それが本当にそうなる、ということを認めていないとできない。だから、真剣に準備すればするほどパワーを持ち、現実の物事を動かす。

じょうしき【常識】

属している世界によって、いくらでも変わる。枠をつくり、その枠に縛られるとできないことがたくさんある。

じょうほう【情報】

必死に集めなくても、必要なことは入ってくる。パッと目に止まること、人の口を通して伝わってくること、なにかの出来事を通して知らせていることもある。自分のまわりに起こることを観察しているだけでも、無限にある。

じんじをつくしててんめいをまつ
【人事を尽くして天命を待つ】

やるだけやったら、どちらの結果になったとしても、それが自分にとってベストな結果。そっちに進んだほうがいいということ。失敗という捉え方はない。

す

[su]

そんなことがあったんだぁ
人生はドラマだねぇ…

ストーリー【story】

今の状態になるまでに、それぞれの人にそれぞれのストーリーがある。
人生ってすごくいい。

すあし【素足】

ハイヒールは素足かタイツで！　フランスのファッション界の人に言われて感心&納得したこと。

スイッチ【switch】

スイッチが入ると、人が変わったように力が出てくる。その瞬間は必ずくる。なにがきっかけになるか、楽しみ。

スカート【skirt】

ジーパンとサブリナパンツ以外は、ほとんどスカートだなあ。

すがる【縋る】

本気ですがるとなにかは起こる。でも、悲しい必死さで相手にせまることなので、それを受け入れた側は同情や救ってあげるエネルギーになり、長い目で見るとお互いにとってプラスはなにも生まれない。

すき【好き】

意思決定の基準。

スキー【ski】

昔は冬になると必ず行ったものだった。スキー板を屋根に積んでいる家族連れの車、あの光景、ずいぶん減ったと思う。

スケジュール【schedule】

1. 素晴らしいお誘いが突然入ったときにすぐ対応したいから、適度にゆるく(笑)。
2. モチベーションが上がったときには、ぎゅう詰めに入れてしまう。当日になって面倒になったら、入れたときの気持ちを思い出す。

すし【寿司】

好き。大好き。

すそ【裾】

「富士山は他の山と違って、どうしてあんなに美しいか知ってる?」と聞かれた。「裾があるから」だって。

Rome, Italy

すてる【捨てる】

必要がなくなったものをどんどん捨てると、本当に気持ちいい。心が整理される。すべてを整理して捨てるものがなくなると、ガッカリしちゃうくらいだ。

ストッキング【stocking】

安いもののほうが、長持ちするのはなぜ……?

ストック【stock】

本当に気に入ったものは、傷んでしまったときのことを考えて2つ購入。日用品はストックしない。ためこんで忘れちゃうから。

ストレス【stress】

あらわれ方はいろいろ……体調の悪さ、心のモヤモヤ感、物事の悪い流れなど。なにが本当のストレスになっているか探せばわかる。

スピリチュアル【spiritual】

目に見える世界と表裏一体なので、昔からすべての人の日常生活にあったもので、不思議なものでもなんでもない。スピリチュアルなものに支えられていることは、実は想像以上にある。

スポーツ【sport】

その人なりの悟りを、スポーツの世界から体得する人も多い。

スランプ【slump】

ものすごい進化の前ぶれ。

スリッパ【slippers】

自宅以外のスリッパを裸足で履くのは抵抗がある。

すなお【素直】

成功している人に共通していること。

Oahu, Hawaii

せ

[se]

せんげんする【宣言する】

自分の望みは、ひとりで大声で宣言を！
宇宙にはっきりとオーダーを！

せいいっぱい【精一杯】
後悔ナシ。結果に関係なく、自分の心にウソなくやり尽くしたとき。

せいか【成果】
まわりにわからなくても、自分で見つけてニヤリ。

せいかい【正解】
ひとつではない。立場によって無数にある。

せいこうしゃ【成功者】
「生きるって本当に素晴らしい」と、幸せを感じながら生きている人。

せいじ【政治】
政治ではない方向から、世界を変えられる。

せいじつ【誠実】
他がなくても、これがあればなんとかなる、というくらい大事なもの。誠実ではない人に、「こういうことだ」と説明することが非常に難しいもの。

せいふく【制服】
気持ちを盛り上げる。必然性がある、というところが格好いい。

せかい【世界】
全部つながっている。今日、自分が悲しみいっぱいで過ごせば、それは地球の裏側に伝染する。

せきにん【責任】
喜んで責任をとるよ、と思うことだけに手を出そう。

せけんしらず【世間知らず】
にも程度がある。笑って許してもらえるのは20代まで。

せっきゃく【接客】
自分がなにをされたらうれしいかを考えると、やることは見えてくるだろう。でも、客層によってその常識は変わるから、自分が客として不釣り合いでない場所にいるのが、一番スムーズな接客ができそう。

せっする【接する】
人には優しく接したほうが、自分が楽になる。

せっとく【説得】
する意味は、ほとんどない。相手が心からそう思わないと、いつか元に戻ってしまうから。

せつない【切ない】
本当に心臓が痛くなる。心臓ってここにあるんだぁとわかる。

せつめい【説明】
こちらが伝えたいニュアンスが本当に伝わったかを確認して、はじめて「説明した」ということになる。自分のことを理解してほしかったら、説明する努力は惜しまないように。

セミナー【seminar】
ほとんど行ったことがない。

せりふ【台詞】
ドラマチックなもの。「恋人がこれを言うときが好き」っていうセリフがある。

セレブ【celebrity】
時代をひっぱる要素のある人のこと。豪奢で派手な生活をしている人のことではない。

せんざいいしき【潜在意識】
智恵の宝庫。潜在意識に、自分の知りたいことを質問しておく。すると、直感やふとした思いつきや、まわりのいろんな現象を通して、答えを教えてくれる。

センス【sense】
この人センスいいなあと感じさせられたとき、グッとくる。行きすぎると気障になる(笑)。

せんそう【戦争】
自分の大事な人に対して感じるのと同じような思いを、他の人にも持つことができれば(愛を広げれば)、戦争はなくなる。自分の価値観を相手に押しつけなくなれば、戦争はなくなる。まず、自分が幸せをいっぱいに味わい、その輪をまわりに広げていくこと。

せんぞ【先祖】
ご先祖様の喜びは、子孫の自分が幸せいっぱいに暮らすこと。ご先祖様に恥じない行為とは、生んでもらった以上、精一杯幸せになること。

せんでん【宣伝】
今の時代、「どんなに宣伝をしても売れるものは売れるし、売れないものは売れない」と言われるけれど、本当にそうだと思う。

ぜったい【絶対】
人は必ず死ぬ……これだけが絶対。

ぜんせ【前世】
なんだか好きなこと、やってみたいと思うこと、経験がないはずなのに簡単にできてしまうことなどは、前世からの影響だろうと思う。今回の人生でそうなる理由がないからだ。そういういろいろなものを背負って、今の人生を生きているのだと思う。

読者の皆様に感謝をこめて

Hohoko-Cafe

2日間限定オープン決定!

・浅見帆帆子トークショー
・過去の本の原画展示
・プライベート写真映像
・限定グッズあり?
・みんなで一緒にゲームやクイズ
・一緒に食事 …など

(内容に変更があります)

日時 2011年6月4日(土)5日(日)

場所 東京都港区北青山

詳しくはコチラ

PC http://www.hohoko-cafe.jp

携帯 http://mobile.hohoko-cafe.jp

Capri, Italy

そ

［so］

これまで
お世話になりました
またいつでも
どうぞ

そつぎょう【卒業】

そこでの学びが終わったときには、離れることもある。
お世話になったことに感謝して、次に行こう。

そうしょくだんし【草食男子】

変にアツイ信念もないので、なにかを素直にやってみるという柔軟性が長所だと思う。

そうじ【掃除】

大好き。スッキリできる。停滞している流れを一新させるもの。運がよくなる方法のひとつ。一種のお清め。

そうぞう【想像】

1．うれしい未来の想像は、考えているうちに、想像なのか現実なのかわからなくなってくる。ここまでくると、ほとんどのことが現実になる。

2．どんなものでも、一番はじめに誰かがそれを想像したから形になった。想像していると創造できる。

そうぞく（ぜい）【相続（税）】

必要な部分もたしかにある。でもそのために、家族と住んだ思い出のある家に住み続けられなくなるケースがあるなんて……なんか間違っているんじゃないかな……国民の幸せから遠のいているような……。

そうだん【相談】

本当に答えを求めているのではなく、ただ話を聞いてほしいだけの人もいる。

そくばく【束縛】

されるのは窮屈。不可能なことだから、いつかそれが爆発する。しようとするときは、根底になにかへの恐れがあることが多い。

そしき【組織】

1．トップ（＝組織そのもの）の理念と信念に心から同調できなければ、組織という枠組みの理不尽さやくだらなさ、そんなことばかりが目についてしまうだろう。

2．組織にいてこそ力を発揮する人、単体のほうが向いている人、本当に向き不向きがある。

そそっかしい

気をつけても気をつけなくても、あまり変わらない気がするので、気にしないことにした。

そだち【育ち】

顔に出る。経済力があることと育ちのよさは別物。

そだてる【育てる】
時間が必要。人は一瞬で変わることもあるけど、それにはそこにくるまでの蓄積があったからだ。

そですれあうもたしょうのえん
【袖擦れ合うも他生の縁】
袖がすれ合う程度の人でも、別の人生でなんらかの縁があったということ……前世のことをこんなに昔から認めているなんて、すごい言葉だ。

そまる【染まる】
環境に染まっていくのは当たり前だから、自分の望む環境をイメージする。

ソムリエ【sommelier】
友達にひとりいると、非常に便利。

そら【空】
ふと見上げて、雲の形や色、光の具合に「きれいだなあ」と感じ入ることができるときは、自分の心の状態がいいとき。

そん【損】
小さいことのほうがガックリくるのはなぜかな？

そんけい【尊敬】
尊敬する人は身近にたくさんいる。毎朝、必ず家の前を掃き清めているお隣の奥様。いつも満面の笑顔でやってくるクリーニング屋のおじさん。お礼の言葉をすぐに電話で伝えてくるあの人……どんな人にも尊敬するところがある。だから、「尊敬する人は誰ですか？」という質問、すごく困る(笑)。

そんちょう【尊重】
認めること。相手の言いなりになることではない。

Florence, Italy

た

［ta］

たに【谷】

いろいろなことを経験できる。

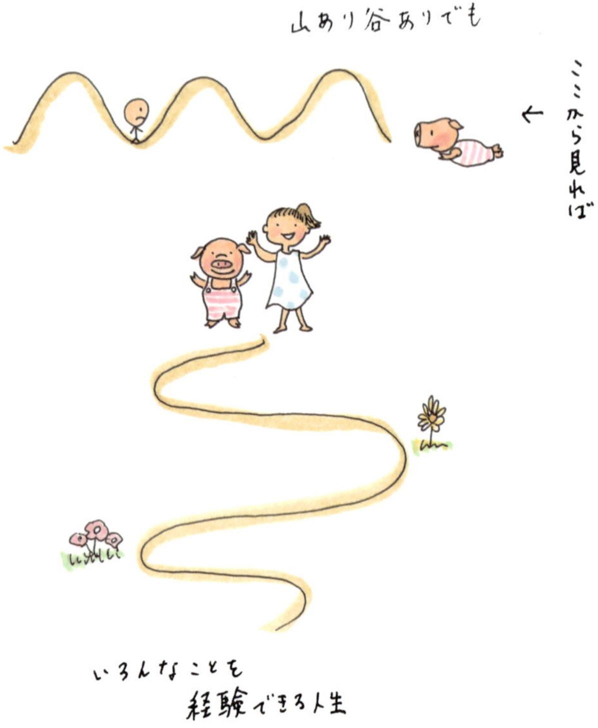
山あり谷ありでも
ここから見れば
いろんなことを
経験できる人生

Rome, Italy

たいど【態度】

心のあらわれ。

たいふう【台風】

あとの空気がハワイみたい。

たいへん【大変】

大きく変わること。日頃の自分の考え方、原理原則をためすとき。

タイミング【timing】

早くもなく、遅くもなく、本当に完璧。

たかい【高い(値段)】

1. 自分の中で価値がないと、どんなに安くても高い。

2. 高いことに価値を置く人っている。

たからもの【宝物】

「これ、宝物なの」という表現がいい。

たすける【助ける】

相手がそれを望んでいるときだけ。

たたかう【戦う】

相手と戦う姿勢の仕事、作業、やりとりには限界がある。そういう時代は終わったと思う。相手も自分も幸せを感じながら目標実現しないと。

ただしい【正しい】

(⇨正解を参照)

たっせい【達成】

通過点。

たね【種】

1. 夢が実現する種をまいたら、あとは安心して大丈夫。

2. 自分がまいた種は、必ず自分が刈り取る。

たのむ【頼む】
本気で頭を下げる。

たべもの【食べ物】
体にいいものであれば、それほどこだわりはない。老舗では老舗なりの、ファミレスではファミレスなりのよさを楽しめる。

たましい【魂】
それぞれの魂に、今回の人生に生まれてきた役目がある。

ためす【試す】
「え～？　本当？」と思ったことは、まず日常生活でためしてみる。判断は、それから。

ためらう【躊躇う】
うれしいことはためらわずに受け取ろう。そのほうがまわりもうれしい。

たりきほんがん【他力本願】
協力していただけるなんて、ありがたい。素直に力をお借りしよう。それも合わせて、その人の力。

たんき【短気】
損。

たんじゅん【単純】
得。幸せ指数が高い。理屈や知識が邪魔することなく、そのままを受け入れるので、人として（魂）の成長が早い。

たんじょうび【誕生日】
1．両親に感謝する日。
2．なにかの「誕生の日」をつくると楽しい。なにかに気付いたとき、まるで別人になったかのように変わることがある。「新しい自分」の誕生の日。

たんすいかぶつ【炭水化物】
すごく好き。太るとわかっていても食べたい（笑）。

Florence, Italy

ダイエット【diet】
始めたほうが太る。食べ物のことにとらわれ続けるからだ。

だいじょうぶ【大丈夫】
今のままの状態。欠けていることはなにもない。

だいたん【大胆】
本人はそう感じていないとき、武器になる。

ダイヤ【diamond】
女性はみんな好き♪ 特別な日に贈られたい。

だきょう【妥協】
相手と協力すること。

だんかい【段階】
何事にも段階がある。時間がかかっているのは、段階を踏んでいるところだから。

だんどり【段取り】
センスが出る。

だんな（さん）【旦那（さん）】
最近、自分の夫のことを「うちの旦那さん」と言う人がいるけれど、あれはおかしい。外で言うときに正しいのは「うちの主人」。あまりに多いので気になる。

だんろ【暖炉】
暖炉の火は見ていると落ち着く。雪や雨の日に、暖炉で火を燃やして本を読みたい。

ち

［ti］

ちしき【知識】

力になるときと、邪魔になるときがある。知識があることやアカデミックであることに酔っていると、実はそれこそが真理を理解するときの邪魔になっていることに気付けない。もっと単純でいいのに。

この世界では…
あの研究では
それが
どうしたの!?
意味がわからない
ごめん、
頭で考えてた…

ちい【地位】
それに価値を置く世界では、あると便利。でも、それだけで勝負できるほど世の中は不公平ではない。

ちいき【地域】
世の中や日本をよくするための素晴らしい活動に一生懸命取り組んでいる人たちは、各地域にたくさんいる。テレビはそういうものこそとりあげたらいいのに、と思う。

チェック【check】
自分のまわりに起こる物事で、自分の状態をチェックできる。素晴らしいこと、明るいことが起こるのは、望むことにきちんと焦点を合わせている証拠。逆のことが起こったら、どこかぶれていることがわかる。

ちかみち【近道】
してもいい。でも、それが近道かどうかはわからない。遠回りだと思った出来事が最短ルート、ということもある。

ちきゅう【地球】
今回の人生は、地球という星に遊びにきているのだと思う。

ちず【地図】
都内なら、多分タクシーの運転手ができる。

ちまちま
するな!

ちめいど【知名度】
知名度が上がったからこそできる社会貢献を! 正しく把握しないと、勘違いのはじまりになる。

チャリティ【charity】
売名行為だと言われても、やらないよりはやったほうがいい。その方法で、世界に貢献できる人もいる。

チャンス【chance】
心でわかるもの。ハッと思ったら、すぐ動くこと。

ちゅうしゃじょう【駐車場】
あるかないかでお店を決めることも多い。

ちゅうしん【中心】
自分が自分の中心にどっかりと座り、そこからまわりに起こることを観察しているような気持ちになっていると、落ち着いて冷静に処理できる。

チョコレート【chocolate】
高級ブランドよりも、スーパーで売っているレーズンチョコ、アーモンドチョコ、ハーシーズの板チョコが好き。

ちょっかん【直感】
「本音」という方法で伝わってくる宇宙の知恵。流れに乗ってうまくいっている人は、直感を貴重な情報として生活に生かしている。もっと信頼していい。

ちんもく【沈黙】
攻撃力なしに、反対の姿勢を示すことができる。

つ

［tu］

つらぬく【貫く】

強いイメージがあるけれど、心が決まっていると、貫くのも穏やか。結果的に貫いたという形になっただけ。

ついで

ついでにつくった用事、実はそっちのほうがメインになることがある。その「ついで」を思いつくために、はじめの出来事があった。

つえ【杖】

とてもエレガントな杖を持っている年配の女性がいらした。どんな状態になっても、おしゃれはできると思ったもんだ。

つかむ【掴む】

一瞬でおとずれる。ステージが上がる。一度つかむと後戻りはない。

つかれ【疲れ】

ためないこと。

つき【月】

毎月、新月になると、お月様にお願いをしている。

つき【ツキ（ついてる、という意味の）】

すべて、ベストな出来事が起こるように用意されている、と理解すると、一時的な「ツキ」には興味がなくなる。

つくえ【机】

子供にとっても大人にとっても創造力をかきたてる場所だから、そのときに「最高」と感じるものを用意する（子供には用意してあげる）。

つながる【繋がる】

1. 安心感。強さ。人間同士の場合、本当の意味で心がつながっていると、それを確かめ合わなくても感じることができる。
2. 自分を助けてくれているもの（宇宙、神様、守護神、ご先祖様、本当の自分など、呼び方はなんでもいい）とつながっている感覚のある人は、心が平安。本当の意味で強い。

つなげる【繋げる】

人と人をつなげる役目のある人っている。意図せず、出会った同士が勝手に化学反応を起こしていく、独特のセンスあり。

つぶやく【呟く】

ツイッターか……そのときの気分もあるだろうから、あまり真剣に反応しないほうがいいような……。

つぶれる【潰れる】

つぶれたときの原因（お酒以外・笑）を追求すると、自分のウィークポイントがわかる。

つまらない【詰まらない】

お世辞や見栄、形式だけの会話や会食に参加してしまったとき。

つらい【辛い】

どうすればその状態から抜け出すか、考える。逃げるほうがいいか、向き合わないと解決しないか、とことん落ちてみるか、誰かに同情してもらいたいか、時間が経過するのを待つか、自分の捉え方を変えるか、忘れるか……どれが一番心が安らぐかを考えて、すぐにそれをやってみる。

て

[te]

テスト【test】

ムッとすることが起こったとき、イライラすることが続くとき、「ここで自分がどんな反応をするか、テストされているんだな」と思う。

ていぎ【定義】
人は、その人の定義したものしか経験できない。

ていこう【抵抗】
抵抗することなく、こちらの意思が伝わる工夫をしたい。

ていねい【丁寧】
生活を魅力的にする。丁寧に向き合うと、どんなものにも美学が出てくる。

ていばん【定番】
人によって、驚くほど違う。全然、定番じゃない。

テーマ【theme】
その仕事、その遊びごとに、だいたい自分で決めている。そのテーマからそれていなければ、小さなことは変更があってよし。

ておくれ【手遅れ】
どんなことも、手遅れということはない。捉え方を変える（意識の向け方を変える）と、その瞬間から物事の流れは変わっていく。変化し続ける。

てがみ【手紙】
短くても、心が伝わるピリッとした一言のある手紙を書ける人は素敵。

てき【敵】
敵が多い人は味方も多い……ということはなく、味方だらけの人もたくさんいる。敵が多すぎる人は、やはりどこか方法が間違っているんだろう。

てきざいてきしょ【適材適所】
全体の活動の効率が上がる。自分の苦手なところを得意とする人の作業を見ると、相手への尊敬も高まる。

てきとう【適当】
ほどほどに、流れにまかせること。手を抜くことではない。

てちょう【手帳】
見るたびにモチベーションの上がるものを見つけよう。

てづくり【手作り】
自己満足でいい。

てばなす【手放す】
結果を宇宙にゆだねること。自分の力でこねくりまわさないようになること。どちらにしてもすべてよい方向に進んでいる、と実感すると自然とできる。執着がなくなり、自分の狭い視野で余計な心配をしなくなるので、逆に物事がスルスルと進んだりする。

てみやげ【手土産】
持っていくかいかないかで生活スタイルが分かれ、なにを持っていくかでセンスが分かれる。

テレビ【television】
ほとんど見ない。

てんき【天気】
によって、心が左右されてもいいよね。

てんごく【天国】
天国はここだった、と気付いた瞬間があった。自分次第で、この世は天国みたいな楽園になる。

てんさい【天才】
枠がない人。

てんしょく【転職】
柔軟になっただけでも、いい時代になったと思う。

テンション【tension】
今ある幸せを感じると、テンションは上がりっぱなし。ますます活動的に、新しい夢が出てくる。

てんち【天地】
天の法則（=宇宙の法則）と地の法則（=人間界で生きていくために必要な法則）の両方のバランスがいいと、物事がスムーズに運ぶ。

てんねんせき【天然石】
トロッとしながら透き通っているような色合いが好き。きれいなまん丸よりも、しずく型や、なめらかにゆがんでいる形が好き。その石の持つ効果やストーリーなども、きちんと知ると面白い。

てんのう【天皇】
日本という伝統そのもの。形と精神を繰り返して守ること自体に意味がある、すごいお役目の存在だと思う。

でるくいは・うたれる【出る杭は打たれる】
そういうものだとわかっていれば、打たれても困らないような気がする。そして、出すぎた杭は打たれない。

でんとう【伝統】
敬意を払うべきもの。

でんわ【電話】
すぐに知りたいことはメールより電話。

と

［to］

どりょく【努力】

心から「やりたい！」と感じることに進んでいるときは、努力が苦しいことにはならない。苦しくない努力が自然とできること（=つまりワクワクできること）しか実現しない。

トイレ【toilet】
毎日掃除。

とうきょう【東京】
世界を見れば見るほど、東京ってなんでもあるなあと驚く。繁華街の数がこんなに多いのは、世界の首都の中でも珍しい。

とうぜん【当然】
ありがたい（有り難い）、の反対語。これが当然と思い始めると、幸せ指数が下がる。

とかい【都会】
あらゆることについて、選択肢が豊富。

ときめく
いっぱいある人生がいいなあ。

とけい【時計】
「あなたにとって腕時計とはどんなもの?」の答えが、恋人（パートナー）に対しての価値観をあらわす、というのが一時はやった。「していると落ち着く」「忘れたときに、はじめてありがたみを感じるもの」などはなかなかいい答え。「おしゃれ道具」「なくても困らないもの」「気分によって変えるもの」……など笑える答えも多かった。一番笑ったのは、ある年配の女性の答え、「いつもしているけど、見ないもの」だった（笑）。

とちゅう【途中】
うまくいっていないのは、まだ途中だから。途中こそ、楽しい。

とっきょ【特許】
とったあとは、みんなで共有してね。

とつぜん【突然】
人生のスパイス。ドキドキする。

とどく【届く】
言葉に出さないと届かないことはたしかにある。でも、言葉に出さなくても（出せない場合でも）、心で本気で思えば必ず届く。

とばっちり
自分の原因がゼロということはない。それと引き合う要素がなにかあったはず。

とびら【扉】
いつでも心の扉を開けて柔軟に。

とめる【止める】
止めたいときは、一度だけはっきりと伝える。人間は、押せば引くから、止められると進んでしまうことも多い。

ともだち【友達】
「知人」との違いは、お互いの世界を認め合い、近くにいても依存しないでいられる同士。「友達なのにこんなことされた」なんて思ってしまう関係は、友達というものを自分に都合よく考えているんだろう。

とらえかた【捉え方】
すべてが変わる。

トランク【trunk】
お気に入りのものを使うと、準備のときから楽しくなる。私の旅のお供はグローブトロッターの大、中、小。

とりあつかいせつめいしょ
【取り扱い説明書】
人への取り扱い説明書も用意しよう。

とりはだ【鳥肌】
無条件に鳥肌が立ってしまう場所は、やっぱりなにかあるのだと思う。

どうじょう【同情】
相手がそれを望んでいるなら、一時はする。でも、同情だけではなにも解決しない。

どく【毒】
愛のある毒を吐くのは、会話が面白くなる。

どくしょ【読書】
今日は「読書の日」と決め、好きな本を持ってソファに寝転ぶのは最高に幸せ。読んでいるうちに思いつくことがたくさんあるので、しょっちゅう脱線。

な

[na]

なみ【波】

やる気や盛り上がりの波は、誰にでもあるから、
沈んだら、盛り上がってくるのを待てばいい。

ないしょ【内緒】
かわいい秘密。こそこそ話。

ながれ【流れ】
自分が望むところをイメージしながら、自然の流れにまかせるとすべてがうまくいく。これを実感すると、焦りや苦しい頑張りは必要なくなって、穏やかな気持ちで過ごせる。

なく【泣く】
思いっきり泣いて、スッキリしよう。

なくしもの【失くし物】
さっきまでそこにあったものが、突然なくなってしまったことがある。いたずら好きのご先祖様の仕業か、そそっかしいから気をつけよというお知らせか、ただの勘違いか……でも、かなり大きくかさばるものだったのに、いまだに出てこないのは不思議。きっと、なにか意味があるんだろう(笑)。

なつ【夏】
日本は、夏が一番好き。ミーンミンミン……と聞こえると、やる気が出る。

なつかしい【懐かしい】
縁があることを教えてくれる感じ方の1つ。

なっとく【納得】
ストンと腑に落ちること。納得してはじめて、「今までは本当にはわかっていなかったんだな」と気付く。

なつやすみ【夏休み】
子供と一緒に過ごすことができる幸せな時間……とよく親が言っていた。

ななめ【斜め】
なんでもななめに見る人って、疲れるだろう。批判しなくてはならないことがいっぱいあるから。

なま【生】
ごまかしがない。

なまえ【名前】
親が、生まれてきた子供に一番はじめにしてあげられるプレゼント。

なみだ【涙】
癒されているしるし。

なやみ【悩み】
自分で解決する軸がないときは、いろんな人に相談してみるのも手。たくさんの人の意見を聞いて枠を広げることがポイント。

ならいごと【習い事】
「習い事をするのは、いずれそれを教えられる資格をとるためでしょ?」という意見を聞いたときには驚いた。なんでも形にしなくていいと思うけど。

ならぶ【並ぶ】
待っている間にますます盛り上がる。

なりきん【成金】
どんなに歴史のある大企業も、はじめはみんな成金の時期があったんだから。

に

［ni］

にたく【二択】

どちらかをとるには、どちらかを捨てなければならない、
というのは思い込みで、両方が実る方法が結構ある。

にあう【似合う】

したい格好より、似合う格好をしているほうが落ち着く。

にがて【苦手】

向き不向きのあらわれ。勝手に苦手意識を持って卑屈になるのはつまらないけど、無理に克服する必要もない。

にきょくか【二極化】

いつも不満を探し、うまくいかないことや世の中への不服に焦点を当て続ける人は、そのとおりの人生を経験し、幸せなこと、自分が望むこと明るいことに焦点を当て続けている人は、自分もまわりも幸せにする。時代に関係なく、その部分はいつも二極化。

にく【肉】

好き。菜食主義のほうが感性が冴えるとか、肉は思考を鈍らせて怠慢になるとか、いろんなことを聞くけど……でも好き。

にくしょくけいだんし【肉食系男子】

今まで付き合ってきた男性は、みんなかなりの肉食系男子だった。そっちが好きなんだろう(笑)。

にくむ【憎む】

疲れる。

にげる【逃げる】

逃げるのも、ときには悪くない。不必要に嫌な思いをしないように、自分を守ることは大事。もし、それが逃げてはいけないことだったとしたら、いくら逃げても、また似たようなことが起こる。そのときにはそれと向き合うと、「自分にこれを知らせるために起こっていたんだな」とわかる。

にじ【虹】

なにかいいことがありそうな気がする。見ただけでたくさんの人がそう思うなんて、本当に素敵な役割。

にちじょう【日常】

本番。リハーサルはない。ここでためしてこそ。

にっき【日記】

1. 私の日記は「記録」ではなく、その日に一番心に残ったことを書いているので、出来事は盛りだくさんの一日でも、お風呂のことしか書いていないときがあったりする。
2. あのときの思いは、あのときにしか書けない。

にぶい【鈍い】

まわりをホッとさせることもある。

ニュース【news】

今年一番の私のニュースは……と考えると、自分の人生がドラマチックに思えて楽しくなる。

ニュートラル【neutral】

物事をありのままに見ること。はじめからジャッジをしないこと。ボーッとしたまま観察していたほうが、偏見が入らないのでニュートラルになれる(笑)。

にる【似る】

なにか関係がある。たとえば、体型や顔の輪郭が似ている同士は、声質も似てくる。○○人に似ている顔の人は、その国に縁があるのかもしれない。「この人の絵は、あの人の絵に似ているなあ」と思っていたら、人生のどこかで深い影響を受けていたりする。

にわ【庭】

「秘密の花園」（バーネット作）のような、鍵つきの門扉のある庭にあこがれた。草花が刈り込まれずに、自然に伸びている庭が好き。庭を散歩する、という表現が好き。

にんげん【人間】

本当によくできているなあと思う。「人間だもの」と思うと、なんでも許せそう。

にんしん【妊娠】

まだ経験したことのない、新しい感情を味わえるもの。

にんたい【忍耐】

(我慢を参照)

Murano, Italy

にんき【人気】

日本の場合は、「人気がありますよ」と言うと売れるらしいけれど、それってまわりの人と同じってことだ。世間での人気はどちらでもいい。自分の中で人気があれば、それが世界一。

ぬ

[nu]

ぬけだす【脱け出す】

すごく大きなことに気付いたとき、古い自分から抜け出したように、世界が開ける感じがする。脱皮かな。

ぬいぐるみ【縫い包み】

魂が宿る。どんなものにも宿ると思うけれど、目鼻がついているからなおさらだろう。だから、かわいがっているぬいぐるみは簡単には捨てられない。処分するときは、神社仏閣などでお焚き上げを！

ぬきうち【抜き打ち】

ちょっと意地悪。

Karuizawa, Japan

ね

［ne］

ねうち【値打ち】

同じ価値観を持つ人同士、その世界だけで通用する価値。人間が決めたこと。自分にとって値打ちがあるものって最高。

これ、ママが
描いてくれたの
それは
お値打ち物だねェ

ねあげ【値上げ】
同じ値段でいつのまにかサイズが小さくなっているより、きちんと値上げされているほうが堂々としていていい(笑)。

ネイル【nail】
ジェルネイル、一度始めるとやめられない。一生続きそう。

ねおき【寝起き】
のときにかかってきた電話に、「寝てた?」と聞かれると、なぜか「寝てない」と言ってしまう(笑)。

ねがう【願う】
神様に、全部おあずけすること。もし私が神様の役だったら、すべてを自分にあずけて、素直にお願いしてくる人を助けてあげたくなると思う。途中で疑われたり、自分のやり方を通そうとしたりしている人には、「だったら自分でやって(笑)」と思うような気がする。

ネガティブ【negative】
考え方の癖。癖だから、変えられる。

ねこ【猫】
私は犬派。

ねごと【寝言】
たまに、本人も覚えのないすごいことを言っているときがある。録音しておいたら、潜在意識からの面白いメッセージを伝えているかもしれない。

ねじ【螺子】
「地球の自転が右回転だから右にまわすと閉まる」と聞いたとき、すべてはつながっていると思った。

ねたむ【妬む】
1. 批判として表現される。
2. 絶対に持ってはいけない、というのは難しい。特定の人にそう思ってしまうとき、まずはそう思わないで済むところまで離れよう。そのうち、妬みをエネルギーに頑張っても、幸せにはなれないことに気付く。

ねつ【熱】
なにかに集中していると本当に熱くなる。エネルギーが集まっていることがわかる。

ネット【Internet】
慎重に扱うこと。ネットを通してマイナスのことをばらまけば、影響を与える人が多い分、マイナスの波動が何万倍にもなって自分に返ってくる。

ねぼう【寝坊】
かわいい言葉。寝ている坊や?

ねむい【眠い】
夢の中で活動が必要なとき、と決めて、眠れるときはグングン寝る。

ねむる【眠る】
別の世界で活動中。

ねん【念】
幸せな未来へ、本気で「念」を入れて生き

る。(スプーン曲げも、曲がると信じているから曲がる。)

ねんがじょう【年賀状】
形だけの挨拶言葉が印刷された、一言も添えられていない年賀状はやめてほしい。むしろ、イメージダウン。

ねんきん【年金】
いただくかどうか、選択の自由があってもいいのでは？と思う。今、お年寄りの方々を支えれば、逆の立場に立ったときに自分に返ってくる。それをしないのであれば、あとはすべて自分の責任。でもこれは、「年金はきちんと支払われる」、という国への絶対的な信頼と保証がなくては成り立たない。

ねんぴ【燃費】
乗りたいと思う車は、ことごとく燃費が悪い……。

ねんれい【年齢】
「年をとればとるほど考え方の枠がなくなって柔軟になるから、人生がますます面白くなるわよ」⇦これは60代の母が言ったこと。年齢と成長度合いは別もの。年齢を基準になにかを判断するのは、考え方を狭める(せばめる)。

の

［no］

君だって、
一番望むことを

望んでいいんだよ

のぞむ【望む】

それに対しての気持ちが純粋でまっすぐであれば、なんでも望んでいいと思う。後ろ暗い感情、心がモヤモヤする動機の望みは、欲。

のうぎょう【農業】

人間が生きるための基本をつくっている仕事として、農業がますます魅力的な仕事になる時代が、遠くない未来にくる。

のうぜい【納税】

喜んで払いたくなるような、政府への信頼感はまったくない。

のうてんき【能天気】

基本的には能天気だと思う。心配することがほとんどないから。

のうりつ【能率】

そればかり考えていると、楽しみが薄れるときがある。能率だけなら、機械にやらせれば?

のうりょく【能力】

自分の能力が発揮されるところ、認めてもらえる環境にいるのが、一番輝く。

のこりもの【残り物】

には、本当に福があることが多い。

のぞく【覗く】

ちょっとだけだから素敵に見える。

のらいぬ【野良犬】

人間で言ったら肉食系男子の要素あり?
少なくなったな(笑)。

のりと【祝詞】

口にするだけで縁起のいい、ありがたい言葉。言葉には言霊があるあらわれのひとつ。

ノルマ【norma】

1.ノルマのある仕事は苦手。
2.先に実現する夢を考えると、「ノルマ」という感覚はなくなる。

のろい【呪い】

心配してあげているつもりでも、相手の不安をあおる言葉や、マイナスの情報を伝えるのは、相手を軽い呪いで縛っているようなものだ。自分に対しても、同じ。

のろけばなし【惚気話】

聞くのも話すのも楽しい。

のんき【呑気】

呑気だったからこそ、騒ぎが大きくならずに済んだ、ということもある。無駄に心配しないでいられる能力。

は

［ha］

はたらく【働く】

すがすがしい。

地球に貢献する幸せ
誰かの役に立つ幸せ

Oahu, Hawaii

は【歯】

「歯並びは（特に西欧では）教養のあらわれ」と言われ、小さい頃に矯正させられた。当時は抵抗があったけれど、「親の言うとおりにしておいてよかった」と思うことのひとつ。

はいし【廃止】

今あるものの中にも、人間のなにかの都合で突然廃止にされるようなものがたくさんあるんだろう。

ハイヒール【high-heels】

履かないと、足も気持ちもだれていく。

はか【（お）墓】

季節の行事、なにかの区切りにはお墓参りをしてご先祖様にご報告。実際にご先祖様がそこにいないとしても、「行く」という行為で気持ちが整うから。行くことができない状況の人は、心で思うだけでもお墓参りの効果はある。

はきょく【破局】

悲しいニュアンスで使われることがあるけれど、当人たちにとっては終わることが必要だから、悲劇ではない。

はくりょく【迫力】

本気度。静かで穏やかな迫力もある。

はげ【禿げ（頭）】

男性が気にするほどには気にならない（笑）。

はしる【走る】

ことがほとんどなくなった（笑）。この1年、小走りの時間も合わせて1時間ないかもしれない。皇居のまわり、みんなよくあんなに走れるなあと思いながら、歩いている。

はじ【恥】

自分を制限していること。

はだ【肌】

生活が出る。

はだか（いっかん）【裸（一貫）】

荒れ野に裸（一貫）でほうり出されても、なにかを見つけて楽しく立ち上がってきそうな人……それが、私のパートナーに求めること（自然と備えていてほしいこと）のひとつ。

はだかのおうさま【裸の王様】
になってしまうには、まわりの人にかなり責任がある。

はっしん【発信】
情報を発信することが先端を行く人と思われがちのようだけど、なんでもかんでも発信する必要があるかなあ? と思うときもある。

はつゆめ【初夢】
いっつも覚えておくのを忘れちゃう。

はで【派手】
1. 一度味わうと、やめられなくなるんだろう。
2. 派手にして個性を出すのは簡単、地味なのに際立つ人は素敵。

はどう【波動】
1. すべてのものは極小レベルで振動し、波動をつくっている。同じ振動数のものは引き合い、違う振動数のものは反発するので、自分のまわりにやってくること、もの、人は、自分の思いの波動と合ったものだ。
2. 尊敬する人、刺激を受ける人、やる気の出る人のそばにいると、その波動の影響を受けるので、自分も変わる。

はな【花】
心の状態がいいときは、自然と飾りたくなる。

はなよりだんご【花より団子】
花と団子がいい。

はやがてん【早合点】
小さな早合点がかなり大きなミスにつながる。まず、確かめよう。

はらい【(お)祓い】
毎日背負ってくるいろいろなものを浄化して、本来の自分に戻ること。入浴もお祓いの一種。

はらん【波乱】
いろいろな経験ができる。

ハワイ【Hawaii】
空港に降り立ったときの、あの解放感が最高。永遠の楽園。たかがハワイ、されどハワイ。

はんざい【犯罪】
どんな環境が、その人をそこまで追い込んだのだろう?

バーベキュー【barbecue】
経験豊富な大人がいないと、コミュニケーションをとっている暇がない。

バイオリズム【biorhythm】
その人の流れが盛り上がる(または下がる)時期はたしかにあるだろう。これまでにないやる気が湧きおこってきたり、流れがよくなることでそれを感じ取ることができる。結局、自分の気持ちのとおりに進んでいけばいい。

ばいしゅう【買収】
する側も、される側も、なんだか苦しいエ

ネルギーが。買い占めるという感覚自体に無理があるような気がする。

ばいぞう【倍増】

本物の仲間がいると、悲しみは半分に、喜びは倍になるというのは本当だ。

ばいたい【媒体】

自分に必要な情報は、人、もの、出来事など、いろいろな媒体を通して伝わってくる。「今日はこれを聞くために来たなあ」と感じることってある。

この人は
特別な意味なく
言っている
ボクたちにとって、
これが答えだね

ばくぜん【漠然】

この感覚こそ、自分の本音をあらわしていることがある。直感の一種。きちんと説明できなくていい。漠然とそれを感じているというだけで充分。理由がないのに感じるからすごいこと。

バスルーム【bathroom】

ボディシャンプー、バスオイル、バスソルト、本、キャンドル、ミネラルウォーター……棚がほしい。

バスローブ【bathrobe】

バスローブ姿で寝るまでに過ごす時間、これがなくちゃ……。

バランス【balance】

何事もこれが大切。本当に賢く心が豊かな人は、バランス感覚が抜群。

パートナー【partner】

上下の関係がなく支え合う人。夫婦の理想形。

パール【pearl】

ココ・シャネル。宝石の中で一番好き。

パソコン【personal-computer】

メールとワードしか活用していない。

パターン【pattern】

自分のパターンを理解しておくと楽。こういうときに不安になりやすい、とか、こういう状態だとやる気が出る、とか。

パワースポット

1. その場所自体にパワーがあるところ。
2. なんだかここは好き、と感じて、またきたくなる場所がその人にとってのパワースポット。
3. 本来の自分に戻って、いろいろなことを思い出すところ。

ひ

［hi］

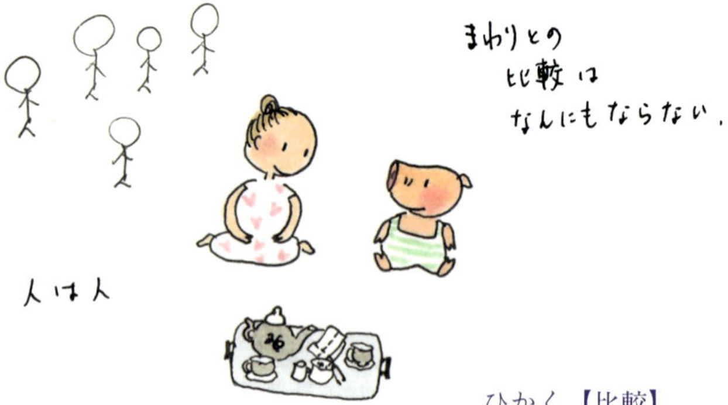

まわりとの
比較は
なんにもならない。
人は人

ひかく【比較】

比較していいのは、過去の自分だけ。

ひかえめ【控え目】
自信がない場合と、自信があるからこそ、の場合がある。

ひかれる【惹かれる】
縁がある証拠。それを選ぶ理由。

ひきうける【引き受ける】
引き受けた以上、全力。

ひきょう【卑怯】
まわりから見ると格好悪い。本人は後味が悪い。

ひさん【悲惨】
世間でいう悲惨なこと（たとえば病気）を背負っている人と接するときは、そのマイナス（とされること）がまったくないかのように接することだ。一緒に悲しんで悲惨な部分を拡大させるのではなく、それがまったくない状態、望ましい方向をイメージして拡大させること。それが、まわりの人にできることだと思う。

ひしょ【避暑】
大きなリボンの麦わら帽子。

ひしょ【秘書】
お仕えする人が大物であればあるほど、目立ってはならない。

ひっかかる【引っかかる】
心に引っかかることは、そのままにしない。はじめに引っかかることは、あとになってやっぱり引っかかってくるから。

ひっこし【引っ越し】
転換期。

ひっし【必死】
気持ちを評価されることはあっても、結局はうまくいかなくなる。心の目が曇るので、判断もおかしくなる。

ひつよう【必要】
すべてのことは、それが必要だから起こっている。自分にとっても相手にとってもそれが必要だった。

ひとづきあい【人付き合い】
お互いさま。

ひとめぼれ【一目惚れ】
一目ぼれをするのは、人でも物でもなにか共通項がある。それに甘えず、より深く知ろうとすると、スタートがいい分、さらに素晴らしい関係になる。

ひとりごと【独り言】
車や部屋でひとりのときは、結構しゃべっている。「そうだ、○○をしようっと」とか「あれはどうしようかなあ」とか。うん、誰かと話している感じだ。

ひはん【批判】
批判を簡単に口にするのは、すごい勇気だと思う。自分の基準が正しいという前提だから。

ひみつ【秘密】
1．あっていい。秘密を共有していると、

うれしくなる。
２．これは秘密にしようと決めたら、最後まで守ること。

ひやけ【日焼け】
体に害がなければ、焼けるのは結構好き。

ひょうか【評価】
１．環境によって変わるから、今のまわりからの「あなた（自分）はこういう人」という刷りこみで、自分を決めてしまってはもったいない。自己評価は常に高く持つこと。
２．どの部分で評価しているかを明確にしておかないと、誤解を生むことがある。

ひょうじょう【表情】
無表情な人はちょっともったいないと思う。本当は心が動いているのに、それが伝わらない。

ひろう【披露】
なにかを始めたとき、「披露の日」を決めると楽しくなる。

ひんかく【品格】
にじみ出てくるもの、ごまかせない。どんな物（人）でも、最後はこれがあるかどうかだと思う。

ビーがた【B型（の人）】
自分の好きなことには、強いこだわりと集中力があるが、どうでもいいことは本当に気にならない。人に細かく指図されるのが苦手、自由を制限される環境だと力を発揮できなくなる。「B型でしょ？」と言われることが好き。B型が一番面白い！……と思っている人。我が家は全員B型（笑）。

びがく【美学】
その人なりにあるもの。

ビジネス【business】
社会や人に貢献して、みんなが恩恵を受けるもの。

びじゅつ（ひん）【美術（品）】
１．美術品を鑑賞するというのは、そのときはわからなくても必ずなにかの刺激を受け、知らないあいだに感性が磨かれていく。
２．なんだかわからないけれど、これがすごく好き、ずっと見ていたい、という絵画や美術品に出会うことがあるけど、あれは本当になにか縁があるのだろう、と思う。

びじん【美人】
自分好みの美人は、たまに見たい（笑）。目の保養。

びはく【美白】
あまり興味がない。

ビュッフェ【buffet】
南国のホテルの朝ごはんビュッフェが最高。外国だとタイのスコータイホテルの朝ごはん。日本だと六本木のインターコンチネンタルが上位。

びょうき【病気】
体も心も変わるとき。

びょうどう【平等】

自分の発している波動に見合ったものしか受け取っていない、と考えると、世の中は平等だと思う。

ピアノ【piano】

仕事の合間に弾いてうっとりしている。最近は、電子ピアノのパイプオルガンにはまっている。連弾も好き。

ふ

［fu］

考え方を夢にふさわしく
と心
外見を変えると
振るまいも変わる

プロデュース【produce】

人は、自分が思っているものにしかなれない。外見も、心の状態も、環境も、自分がなりたいと思うものに同調させる。今日から、なりたい自分になるために自分をプロデュースしよう。

ふあん【不安】

1．一瞬感じるのは仕方ない。でも、ほとんどは過去の経験、常識、恐れなどから勝手に想像しているだけのこと。自分の居心地がよくなるイメージに切り替える。
2．すべてうまくいくことを信じていないために湧き上がる感情。

ファン【fan】

無条件にありがたい存在。ファンの人たちの期待にこたえるというのは、いつも自分らしくしていくことだろう。

フィルター【filter】

世間でよからぬことを耳にしても、相手に伝えるときはせっかく自分のフィルターを通すのだから、相手がいい気持ちになることだけを耳に入れてあげたい。

ふうかく【風格】

どんな世界でも、その世界のボスになっている人にはそれなりにあるもの。

ふうふ【夫婦】

なんらかの意味があって、一緒にいる縁のあった人。役目が終わったら、離れることもある。

ふく【服】

服ですら、その人の価値観と枠をあらわしている。こういう服を着ているのが「きちんとしている」ということ、こういう格好は私はしない……微妙に自分の主張が出ている。

ふくざつ【複雑】

大事なことはいつもシンプル。複雑になりすぎているときは、見直しが必要。

ふくしゅう【復讐】

達成しても幸せにはなれない。復讐を考えている側が一番つらい。

ふけいき【不景気】

心の満足度が高い人が幸せになる時期。

ふこう【不幸】

ないもの探し。

ふさわしい【相応しい】

自他共に感じる、その物事や環境にふさわしい、という状態はたしかにある。心がふさわしくなれば、環境もそれにふさわしいようについてくる。

ふしぎ【不思議】

興味がある。うれしくなる。

ふじさん【富士山】

なにかありがたいものが宿っている。富士山を嫌いな人に出会ったことがない。

ふせん【付箋】

ふせんをつけた場所は、自分の心が反応したことの集まり。別のときに読み返すと、まったく違う場所に反応したりする。

ふそく【不足】

今足りないものに焦点を当てると、それにともなう嫌な感情を味わってしまうので、望むものはこない。夢を実現するときは、今不足していることは問題ではないので考えず、満たされているうれしい状況をひたすらイメージすること。

ふたん【負担】
に思うことはやめればいい。負担になることは無理して引き受けないこと。それは親切ではない。あとでお互いにとって、もっと大きな負担になるから。

ふつう【普通】
1. 特別なことはなにもない状態……素晴らしいこと。一番平穏に、幸せを感じることができていたりする。
2. 大きなことも、大げさではなく普通にやるのがすごい。

ふてくされる【ふて腐れる】
かわいい。

ふとる【太る】
ストレスがたまったとき。自分のことを太っていると思っているとき。

ふられる【振られる】
「ふる側も同じくらいエネルギーがいる」と言う人もいるけれど、絶対にふられるほうが嫌だと思う(笑)。

ふりだし【振り出し】
まったくはじめの状態に戻るということはない。必ず少し進化している。

ふりん【不倫】
本当に、人それぞれの事情がある。

ふろ【(お)風呂】
癒し。リラックス。読書。一日2回。気分転換。湯気。エステ効果。お清め。幸せ。

ふんいき【雰囲気】
1. その場の状態をかなり正確にあらわしている。
2. 雰囲気の読めない人って……思わず観察してしまう。

ぶじ【無事】
なにも「事」が起きなかった幸せな状態。今日も無事でよかった。茶道で、1年の終わりの12月の掛け軸に「無事」がかかることが多い……深いなあと思う。

ブタ【豚】
私の本に出てくる「ダイジョーブタ」。動物を描こうとすると、どうしてもブタになってしまうところから始まった。

ぶれる
落ち着け！　常に、「自分がどうありたいか」という軸を持つようになると、ぶれなくなる。

ぶんせき【分析】

答えが見つかるならいいけれど、過去にあった嫌なことを分析しても解決策は出ない。そこに波動を合わせれば、そのモヤモヤの波動が現在に悪影響を与える。過去なんて飛び越えて、自分の望む明るいほうを見ること。見せ続けること。

望まないことに
焦点をあてても、
望む未来は
来ないよ
忘れていいのになあ

ぶんふそうおう【分不相応】

心がそれにふさわしければ、分不相応はなくなる。(⇨ふさわしい、を参照)

プライド【pride】

「これが私のプライド」というものは思いつかない。でも、「誇り」に思う仲間はたくさんいる。

プライベート【private】

「これは仕事、これはプライベート」と分けている感覚があまりない。プライベートで感じたこと、思ったことは、仕事でも生きる。どちらも基準は同じ。

へ

［he］

へいあん【平安】

心が平安かどうか、それがなによりも大事。
外側に関係ない圧倒的な幸せ。

何が起こっても
自分の心が平安であれば
なんの影響も受けない

へいき【平気】
平気……無理のない状態。

へいきん【平均】
参考にならない。

へいわ【平和】
意識して守るもの。

へた【下手】
上手な人にまかせよう。

へっちゃら
平気ではない（笑）。

へび【蛇】
私には見えないけど、「蛇」がついているんだろうなという女性って、たしかにいる。妖艶で、女としてのいろんな因縁を背負ってそうな人（笑）。

へやぎ【部屋着】
他人には見えないからこそ重要。部屋着次第でテンションが上がる。

へりくつ【屁理屈】
それを言いだしたら、負け。

へんか【変化】
1. 環境の変化も心の変化も自分でつくることができる。でも、自然の流れでやってきた変化は恐れず受け入れよう。
2. 変化していくのが普通のこと。悪くなる変化はない。そう感じるのは、経験する前から拒絶反応をしていたり、一部分だけを見ているから。

へんけん【偏見】
もったいない。大事なものを見落とす。

べつこうどう【別行動】
気楽。

べっそう【別荘】
気分転換。それぞれが好きなことを。いないあいだの管理やメンテナンスなどの雑用も合わせて、別荘ライフだ。

ベッド【bed】
一日の半分を過ごすところなので、居心地よく。

べつばら【別腹】
甘いもの。「別腹」と思うと、本当に新たに食べ物の入るスペースができる、と聞いたことがある。

ベランダ【veranda】
枯れたものを置くと運気が下がる。

べんとう【（お）弁当】
なぜ小さいときのことを思い出すんだろう。私の小学校のクラスは、週に1回のお弁当は校内のどこで食べてもいいことになっていた。だから、木の上とか、プール棟の裏とか、日本庭園の中とか、みんな自分のお気に入りの場所があった。

べんり【便利】
割り切って、たよっていい。

ほ

［ho］

自分の本音が
明るく反応する方へ舵をとれ!!

ほんね【本音】

すべての判断基準。答えが全部あるところ。
理由はなくても本音で感じることが、直感。

ほ【帆】

私の名前を説明するとき、「船のホ」「帆船のハン」と言うよりも、「帆立のホ」と言うと一番伝わりやすい……なんだかなあ。

ほうい【方位】

1. その年に巡ってくる吉(凶)方位と、個人の生年月日に関係するものとがある。旅行、引っ越し、通勤通学の方位……あまり意識しすぎると、どこにも動くことができなくなる。

2. 自然の流れで、本音でワクワク暮らしている人は、方位でも自然といい動きをしていることが多い。

ほうげん【方言】

方言が話せるなんて、バイリンガルのようなものだ。

ほうこく【報告】

(仕事以外では)なんでも細かく報告する必要はない。報告されないと、大切に扱われていないような気持ちになる人もいるようだけど、報告したくないなにかがあったんだろう。

ほうそく【法則】

宇宙の法則、自然の法則……人間がつくったものではない法則は不変。

ほし【星】

1. 未知の世界。

2. その人の資質や使命。星の配置によって、この世のいろんなことがわかるというのも納得。

ほしょう【保証】

完全な保証なんて、ない。うまくいく保証がなくても、それをやりたいと思うかどうか。

ほったらかす

1. ほったらかして忘れているくらいのことは、自然と解決したり、実現したりする。自分のエゴや意図で、なんとかしようと無理に動かさないからだ。

2. 余計な心配をせずにほったらかすことができるのも、才能のひとつ。

ホテル【hotel】

海外旅行のときは一番大事。国内では、駐車場があるから便利。

ほどほど【程々】

最高。

ほほえむ【微笑む】

この表現が似合う女性っている。なぜか、男性には使われない。

ほめる【褒める】

ほめられたほうが、絶対にのびる(特に子供)。でも、本心からではなかったり、みせかけのほめ言葉であったりすれば、子供にもすぐわかる。

ほん【本】

あの形と表紙の手触り、紙の匂いと、指でページを繰る感じなど、全部ひっくるめて本。

ほんき【本気】
実現がグッと近づく。

ほんだな【本棚】
いつかつくりたい本棚がある。棚の幅は様々で、床から天井までぴったりうまっていること。ところどころに梯子がついていること。書斎のような、区切られている空間にではなく、誰でも気軽に通り抜けられる廊下の途中に、六角形のような空間にほしい。グルリにびっしりと本がつまっている本棚。

ほんもの【本物】
一番強い。本物ではないものは、なにをしてもダメになっていく時代になったと思う。

ぼうけん【冒険】
目の前の出来事がどんなふうに展開していくか、体はここにあっても、心はいつでも冒険の気持ち。

ぼうし【帽子】
一度かぶりだすと結構はまる。リゾート地でかぶりたい（リゾート地でしかかぶれない）帽子ばかり、つい買ってしまう。

ぼーっとする【ボーッとする】
なにかとつながっているとき（笑）。一日の中にこの時間を持つと、ひらめきや直感が冴える。

ぼこく【母国】
一度離れると、よさがわかる。

ぼせい【母性】
好きな人に無条件で感じるもの。

ボタン【button】
既製服のボタンをつけかえただけで、グッとよくなることがある。

ボランティア【volunteer】
使命感を持ちすぎると重くなる。自然と気が向くことが長続きする。

ぼん【(お)盆】

ご先祖様のことを、いつも以上に思うとき。

ポケット【pocket】

「ポッケ」と呼んでいたら、笑われたことがある。去年の洋服から、びっくりするものが出てくることも……。

Milano, Italy

ま

［ma］

まもる【守る】

1. 本当に守りたいものは、他の人から壊せないものだから大丈夫。

2. どんな人にも、目に見えないありがたいものがいつも守ってくれている。今日も何事もなく終わることができたのは、守られていたおかげ。

Tokyo, Japan

マイク【mike】

渡された途端にベラベラと言葉が出てくるんだけど、あれはなんだろう？（笑）

まいにち【毎日】

毎日ふと思うことを書きとめておくと、結構面白いことを考えていることに気付く。それがたまったものが、私の日記、「毎日ふと思う」シリーズ。

（お）まいり【（お）参り】

しているうちに、意味がわかってくる。あのすがすがしさは、実際に体験して感じるものだと思う。

まかせる【任せる】

心から信頼していないとできない。「自分の望むとおりにしてくれるだろう」という信頼ではなく、「どっちになってもOK!」という絶対的な信頼。

まがさす【魔が差す】

1．調子に乗っているとき。

2．魔が差そうが差すまいが、進むものは進む。

まけ【負け】

新しい挑戦。

マジック【magic】

種がある、というところがすごい。

まじめ【真面目】

大事。素晴らしい。

マスコミ【mass-communication】

影響力がある以上、使命感を持って、本当の意味で地球や世界をよくする明るい活動に焦点を当ててほしい……と誰もが思っているはず。人のプライベートやあらさがしばかりしている媒体を見ると、マスコミの存在意義を忘れているなあと思う。

まつ【待つ】

停滞ではない。待つことが最善策であることは多い。長期的な夢と信念があると、待っているあいだも幸せ。

マッサージ【massage】

コリを感じてからでは遅い。不調ではないときでも定期的に受けよう……と思いながら、つい日にちがあいてしまう。

まつり【祭】
活気があふれ、その場に集う目に見えるもの見えないもの、全部が喜んでいる気がする。

まにあわない【間に合わない】
そのタイミング（間）には合わなかったこと。間に合わないことにも意味があったりする（笑）。

マニュアル【manual】
その人らしくやった結果が、その人のマニュアルになる。王道はない。

まね【真似】
1. 真似されたなんて、光栄。
2. はじめは真似でいい。そのうち自分流ができてくるし。

まほう【魔法】
言葉は魔法だと思う。自分の言った言葉に、よくも悪くも自分が縛られる。

まよう【迷う】
心が決まるまで、時間をかけていい。どちらにしたほうがワクワクするか、または、どちらにしたほうがモヤモヤしないか。

まわりくどい【回りくどい】
（特に）男性と話すときは結論から先に！

まんが【漫画】
ドラえもん、タッチ、ドラゴンボール……世代がわかるなあ。漫画から学んだことはたくさんある。

まんがいち【万が一】
万が一の非常事態に備えて、いつも完璧な準備をしている人と旅行に行ったら、本当に非常事態が起こった。望まないことに準備万端だからだ。万が一でも、意識を集中させると万が一ではなくなる。

まんぞく【満足】
次の活動の原動力。現状に満足するのは向上心がなくなることではなく、むしろ新しいことに向かって、明るく目が向く。

まんたん【満タン】
99と100は、近いけれどまったく違う。満タンになると、それまで以上のパワーで物事が動く。加速する。

マンネリ【mannerism】
今日も同じことを繰り返せる、という幸せ。

まんぷく【満腹】
満足（笑）。

Oahu, Hawaii

み

［mi］

みちばた【道端】

先を見つめながらも、道端の花の美しさに感じ入ることができなければ、人生の楽しみは半減。いきすぎると、道端の花に気付かされるべく、転ばされたりする。

みえ【見栄】
相手に丸見え。

みおくり【見送り】
最高の笑顔で。もし、このまま会うことがなくなっても笑顔が残るように。

みがく【磨く】
生きること。

ミシュラン(ガイド)【Michelin Guide】
洋食はともかく、外国人の味覚と感覚で判断された日本食は……参考になるかなあ。

みじかい【短い】
パッと桜が浮かぶ。

みず【水】
透明、浄化作用。地球も体も、みんな水でできているので、流れをよくして循環させれば病気は減る。

みずにながす【水に流す】
「これは忘れよう」と決めたら、イメージの中で忘れたい事柄を箱に入れ、鍵をかけて水に流す。

みたす【満たす】
まず、自分の幸せのバケツをいっぱいに満たすこと。するとその幸せがあふれだし、まわりの人も幸せにする。自分のバケツを満たすことを、拒んではならない。

みち【道】
どの道を選んでも、それがその人の本音で望むことであれば、必ず幸せになるから大丈夫。

みっかぼうず【三日坊主】
また今日から始めればいい。三日坊主を何回も続ければ、まったくやらないときよりも進んでいる。

ミックス【mix】
ハーフの人、雑種犬など、少しミックスされていると独特のよさが出ることがある。インテリアも西洋と東洋が微妙に混ざっているのはすごくいい。

みどり【緑】
緑から連想できるもの……森、野原、草花を想像するだけですがすがしい気持ちになる。すごい浄化作用だ。

みなおす【見直す】
意外と答えは目の前にある！

みなと【港】
到着する港が見えたとき、今自分のしていることが全部つながってそこに向かっていることがわかった。

みまい【見舞い】
体が本調子ではなく疲れている姿は、他人には見せたくないかもしれない。きたことがわかる程度のお見舞いは、思いやりを感じる。

みまもる【見守る】
愛情表現のひとつ。相手がどんな決断をしても（たとえ自分が賛成できない決断だとしても）、身捨てないこと。

みょうじ【苗字】
結婚して苗字が変わるってすごいことだ。新しい姓になることで、運命が変わるというのにも納得。これまで何年も言い（書き）続けてきた名前が変わるのだから。

みらい【未来】
自由。未来に起こることは、どんなに統計学的にそうなる可能性が高いとしても、あくまでそのときの確率と予想にすぎない。その人の過ごし方や意識の持ち方で変わっていく。たとえば占いなどで、「まったく可能性がない（難しい）」とされていたことにさえ、その人の信念と意識が向けば可能性が出てくることもある。自分が本当に望むことへ進んでいけば、必ずそこへの道ができる。

みりょく【魅力】
本人が気付いていないところにあるのがいい。

みる【見る】
人は自分が意識しているものしか見えていない。目に入ってはいても、見ていることにはならない。

みれん【未練】
精一杯やらなかったときに残るモヤモヤの気持ち。精一杯やったのに残るのは、ただの執着。

Amalfi, Italy

Amalfi, Italy

む

[mu]

むずかしい【難しい】

段階が必要というだけ。

GILLI

むいしき【無意識】
強い。意識してやっているわけではないから。

むきりょく【無気力】
そういう時期だと思って、通りすぎるのを待つ。

むさべつ【無差別】
無差別犯罪の被害は、どんなに注意をしていても防ぎようがない。なにかの因縁だったとしか言いようがない。

むし【無視】
意識して、わざと見ないようにしていること。そのままの相手を受け入れるという段階には、まだなれていない状態。受け入れていると、無視もしない。

むしば【虫歯】
きちんと歯ブラシをしていても、唾液の種類によって虫歯になりやすい人はいる、と聞いたとき、気が抜けた。

むしょう（に）【無性（に）】
理由がわからないけれど無性にそう感じる、ということは大事。必ずそう思う意味があるから。

むじゃき【無邪気】
1. 無邪気に言ったことは、相手に伝わる。邪気がないから。
2. 無邪気な自分をいつも出せるようでありたい。

ボクと一緒にいると
無邪気になれない？
え!?

むじょうけん【無条件】

1．条件次第というときは、やらなくてもいい。無条件でもやりたいことがある。
2．無条件に好きな相手が、自分のことを同じように思ってくれたとき、無条件に幸せを感じる。

むだ【無駄】

ひとつもない。

むち【無知】

無知な分野では黙っていることだ。でも、無知なりの単純な意見が貴重になることもあるから、無知でも心から強く感じることは言ったほうがいい。

むちゅう【夢中】

我を忘れて、無になっているとき（……それが無我夢中）。最高に力が発揮されるとき。なにかとつながっているときだから、夢中になっているときはうまくいく。

むなしい【虚しい】

なにか間違った方法で進んでしまったときに感じること。

むはんのう【無反応】

世の中に起こる様々な出来事（心が沈むようなこと）を目にしたとき、具体的に関わって改善するような行動を起こさないのであれば、いちいち反応して自分の気持ちをかき乱さないこと。

むり【無理】

1．心の限界。現実的な限界ではない。現実的に無理と思うのは、今の自分の視野で眺めているから。もっと広い視野を持つ人（または宇宙）から見たら、「それのどこが無理なの？」と感じることもある。（⇨奇跡を参照）
2．心がモヤモヤする無理は、さっさとやめよう。いずれ続かなくなる。

むりじい【無理強い】

無理強いしないと進まないときは、今はその時期ではない、ということ。

むりょう【無料】

それなりの金額が提示されるほうが、落ち着く場合もある。

むれる【群れる】

大勢で一緒に行動するのがどうしても苦手。学生のときはまわりと一緒のほうが安心したのに、いつからこうなったんだろう。

Florence, Italy

め

［me］

めいそう【瞑想】

ボーッとする時間。宇宙とつながる時間。方法はどんなものでもいいと思う。ひとりで静かに目をつぶり、頭をからっぽに……浮かんでくることがあっても次々とうしろに流して気にしないこと。日常生活でも、ひとつのことに没頭しているときは瞑想と似ている気がする。

メイク【make-up】
自分でする場合には、自分の顔に合うメイクを研究するべし。他人にしてもらう場合には、とても効果的な場合と、普段のほうがずっといい場合がある。

めいげん【名言】
同じことを別の人が言っても効果が少ないように、その人の実績や日頃の雰囲気があってこそ、の場合もある。

めいし【名刺】
渡すたびにうれしくなるような、自分の気に入ったものを用意しよう。

めいふく【冥福】
冥界での幸福、次の世界での幸せを祈る……いい言葉だなあ。

めいわく【迷惑】
1. 一番困る迷惑は、おせっかい。している本人は、いいことをしていると思っているから。
2. 相手にとって迷惑だったら断ってくるだろうから、自分の本音はサクッと伝える。迷惑になることを恐れていると、なにも言えない。

めうつり【目移り】
決定的じゃない=どっちをとっても大差はない。

メール【mail】
1. 関係が円滑になることもあれば、誤解が生まれることも多い。
メールではそっけなくても、感情豊かな人もたくさんいる。
2. 外出先で思いついたことは、自分にメールする。

Kawaguchiko, Japan

めがね【眼鏡】
ほとんどの人がコンタクトレンズになったけど、めがねのほうが素敵な人っている。

めがみ【女神】
これからの世界に必要な精神だと思う。相手を否定せず、そのまま認めて受け入れる。誰かが負けにならない、全員が幸せになる方法をとる。

めさき【目先】
大きな路線がずれていなければ、目先のことはどちらでもいい。でも目先のことに手を抜くと、ストレスがたまる。

めざす【目指す】
目指す方向は一緒でも、方法が違うと一緒にやっていくことが難しい。

めだつ【目立つ】
普通にしているのに目立つ人、目を引く人っている。全員が同じように感じるわけではないから、私の中のなにかが反応しているんだろう。

めぢから【目力】
優しいふんわりとした人に目力があると、魅力的。

メッセージ【message】
すべてのものを媒体にして、宇宙からの知恵、そのときの自分に必要なメッセージは毎日きている。

めぶく【芽吹く】
寒い冬でも、草木に黄緑色の芽がしっかりと育っているのを見つけると、今は停滞しているように感じることでも、知らないところで少しずつ動いているんだなと思う。

めまい【眩暈】
あまりにすさんでいたり、人として醜いことを考える人たちの中に入ると、めまいを覚える。

めめしい【女々しい】
女のような言動……いい意味にはあまり使われないところが、かなり差別的な言葉だと思う。

メモ【memo】
夢の中でのメッセージは、起きたらすぐにメモを。

メンテナンス【maintenance】

心も体もメンテナンスはマメに。気持ちが落ちてきたら、それを上げてくれる人に会う、限界の前に気分転換をする。日々のメンテナンスが上手だと、大事故にならない。

めんどう【面倒】

自分で自分の面倒を見れない人は、本当に面倒くさい(笑)。

Kauai, Hawaii

も

[mo]

もくひょう【目標】

1. 目標を立てると、今日の自分が変わる。今を変えるために立てる。

2. 細かくしすぎて、そのとおりに進まなくてはいけないと考えると、縛られてしまう。今決めた方法ではなく、もっと簡単に実現できる方法が出てくるかもしれないし、時期や時間を目標にすると、それをしている本来の目的を見失ってしまう場合もある。目標を立てながらも心は柔軟に。

もうそう【妄想】

いい気分になる妄想は、現実の世界を動かすパワーになる。実現したいことや夢に対しては、ひとり妄想クラブ、万歳!

もがく

進む方向が決まっているときのもがきは、それでよし。もがいているうちに見つかることもある。方向が決まっていないときのもがきは、一度立ちどまって自分の本音を見つめよう。

もくてき【目的】

それをする目的はなんだったか、ぶれてきたらはじめに返って思い出すこと。目的が途中で変わってきたら、それはそれでよし。

もし

と想像するのは楽しい。思い続けていくと、「もし」の世界はどんどんリアルに近づいてくる。過去に対しての「もし」は意味がない。未来につながらない。

もつ【持つ】

なにかを持っていることで、自信ややる気につながることはたしかにある。持ってもいいけど、執着しないこと。

もったいをつける【勿体を付ける】

早く言って!

もてなし【持て成し】

相手が自分のことを考えていてくれた、というだけで充分。

モデル【model】

神様から与えられた「体」という財産を最大限に生かしている職業。

もとめる【求める】

求める気持ちがあって、はじめてなにかが動き出す。「求めよ、さらば与えられん」だ。

もどる【戻る】

あの頃に戻りたいな、と思ったことはない。いつも、今が一番いいなあと本気で思う。

もはん【模範】

その基準に一番沿っている、というだけ。正しさ、とは限らない。

もやす【燃やす】

1. 自分のワクワクすることに自分の精神をかけて自分を燃やす、すると実現が近づく。

2. お清め行為。

モヤモヤ

1. それに進むことに違和感がある証拠。環境や方向を変えるか、それに対しての思い方を変えるか……どちらにしても、モヤモヤしたまま進まないこと。

2. 会ったあとに毎回モヤモヤ感が残る人とは、今後できるだけ会わないで済むように気を使う。

3. 強くモヤモヤを感じるということは、ある意味いいことだ。自分がそれを望んでいないということがはっきりとわかるから。

や

[ya]

またダラダラ
しちゃった
いいんだよ
今はそれが
必要なんだから

やすむ【休む】

堂々と、心ゆくまで。今はそれが必要。今頑張っても、充分に回復していないとまた戻ってしまう。現代人は、もっともっと体と心を休めていい。

やきざかな【焼き魚】

旅館の朝ごはん……というイメージが浮かぶのはなぜだろう。家でも出てくるのにね。

やくそく【約束】

守れることがうれしいものであってほしい。

やくわり【役割(役目)】

どんな人にもある。自分の役割に早く気付くと楽。自分の役割を認めると、違う役割を持っている他人のことも認めることができ、それに沿って動いている価値観の違う人たちを理解できる。

やけい【夜景】

人工的に造られているものの中で、もっともきれいなもののひとつ。

やさい【野菜】

重要性が年々わかってきた。野菜中心の生活にすると、体質が変わるのがよくわかる。肉ばかりの人と野菜ばかりの人では、考え方に違いが出るのも納得。

やさしい【優しい】

「この人はほんっとうに優しい人だなあ」と感じる人はみんな、その人のぶれない軸をしっかりと持っている。だから余裕を持って、他人のことを思いやることができるんだよね。

やしょく【夜食】

妙に楽しく、おいしい。

やすい【安い】

よく見極めること。

やぼ【野暮】

ある程度、仕方ない。長年つちかってきたものだから、急に変わるものではない。

やま【山】

眺めていると落ち着く。海と同じ効果あり。

やみ【闇】

素晴らしくいいことも一瞬で起こる、という意味で、「一寸先は闇」。

やめる【辞める】

1. 長く続いた状況をやめるにはエネルギーがいる。今がよくないとわかってはいても、現状維持が一番楽だから、強い思いと、その思いの継続力がないとやめられない。
2. どんなに進んでいても、自分の本音が違うと感じていたらやめていい。
3. なにをやめるように(しないように)しているかを聞くと、その人が大切にしているものがわかる。

やりがい【遣り甲斐】

見つけ次第。

ゆ

［yu］

ゆるす【許す】

1.「それをしていいよ」と自分に許すと楽になる。罪悪感や遠慮が、自分を縛っていたことに気付く。

2. 誰かのことを許そうと思っても許せない……そういうときは、全部忘れてしまうこと。許さなくちゃ、という頑張りも含めて忘れちゃう。忘れてあげるのが許すこと。

ゆううつ【憂鬱】

どうして憂鬱になっているのかな？……心を見つめて「なんとなく憂鬱」の状態を引きずらないように。意外と「なんだこんなことで憂鬱になっていたのか」ということもある。憂鬱のまま別のことに関わると、そっちに影響を与える。

ゆうえんち【遊園地】

みんなが自分の夢を実現し、人を幸せにすることで自分が深い幸せを感じ、毎日のことにドキドキして、ウキャキャッと遊んでいる遊園地みたいな星がいい。

ゆうが【優雅】

「なんだか優雅」な友達がいる。動作は男性っぽくバサバサしているし、おっとりしているわけでも気取っているわけでもなく、高価なものばかり身につけているわけでもないし、特別に育ちがいいわけでもない……でも、なんだか優雅なのだ。かなり上位のほめ言葉。

ゆうき【勇気】

これまでの自分にはなかった基準で動こうとするときに必要になる。他の誰かにはありえる基準かもしれないから、「勇気ある行動」も人それぞれ。

ゆうずう【融通】

賢さに比例する。

ゆうせんじゅんい【優先順位】

その人の人生を決めているもの。優先順位を変えてみると、人生も変わる。

ゆうれつ【優劣】

1.その枠組みの中だけでつけられた上下。違う環境にいけば、違う結果になる。
2.「劣」の評価になったからといって、不幸になるとは限らない。その人にとってはその経験が必要かもしれない。

ゆかた【浴衣】

毎年、新しいものがほしくなる。風鈴、お祭り、うちわ、デート……と芋づる式に日本の夏が出てくるアイテム。

ゆき【雪】

雪が積もっている日の朝は、起きる前からわかる。とても寒くて妙に静か。「しんしんと……」という表現が本当に似合う。

ゆたか【豊か】

外側の条件に関係なく維持できる心の感覚。

ゆとり

成熟しているからこそ出てくるもの。

ユニーク【unique】

学生時代は「変わり者」というマイナスイメージを持たれることが多かったのに、社会に出るといいこととして認識される。本当に、評価は環境によって変わるものだ。

ゆびわ【指輪】

好きなものをいつもしていたいと思うから、結局いつも同じようなものをつけることが多い。

ゆめ【夢】

1. かなえるもの。

考えただけでワクワクすること。自分の本心からワクワクすることは、それに向かう過程で、その人がいろいろなことを経験し、いずれなにかの形で世界（=この世）に貢献することにつながる……だからこそワクワクの気持ちを感じる。その気持ちが続いている限り、どんなことでも夢は必ずかなう。

2. 宇宙に夢をオーダーしたら、あとは揺るぎない心で目の前のことに向かうこと。オーダーした以上、やってくることはみんな夢につながる関係のあること……と思って、責任を持って取り組む。一見関係ないことに感じても、それはその夢が実現するのに必要な過程、その夢に自分をふさわしくさせるために起こっていることだ。

ゆめ【夢（寝ているほうの）】

潜在意識100％の状態なので、覚醒しているときには見過ごしていたことに気付ける。起きているときに考えていたことや、迷っていたことの答えやヒントが出てくることが多々ある。

ゆめうつつ【夢現】

あの起きているような寝ているような時間……すごくいいことがひらめいたりする。

ゆれる【揺れる】

答えを出さなくていいとき。

Rome, Italy

よ

［yo］

悪いことの方が
当たる気がする……
それをたくさん
考えてるからだよ
むずかしい…

よかん【予感】

たいてい、当たる。悪い種類の予感は自分の不安が原因になっていることが多いので、自分が作り出しているだけ、そこを考え続けるから現実に起こりやすくなる。

よあけ【夜明け】
苦しいことの真っただ中にいるときは信じることが難しいかもしれないけれど、どんなことにも必ず夜明けがくる。

ようい【用意】
その人がその経験をするために必要なものは、完璧に用意されている。だから安心していい。

ようじ【用事】
つまらない用事こそ、丁寧に、面白く。

ようせい【妖精】
1．国が変わると呼び名が変わるように、花の妖精とか、木の精とか、いろいろなものにそれぞれの小さな神様たちがいる、その呼び方のひとつ。
2．見ようと思えば見れると思う。確信すれば見えるはず。

ようりょう【要領（がいい、悪い）】
すべてに対して要領がいい人は、なんか……違う（笑）。

ヨーロッパ【Europe】
まだまだ行きたい国がたくさんあるのに、なぜかいつも同じ国に行くのは……そこに縁があるのかなあ？

よく【欲】
「これは欲だ」と自分で認めているなら、あってもいい。それをきっかけになにかを学んだりすることもある。

よそく【予測】
1．起こっていることを冷静に観察していると、だいたいの予測はつく。
2．それでも、予測不可能なことが起こるからこそ、面白い。

ヨット【yacht】
形が好き。「帆帆子」だから、縁があるはず。私が生まれる数日前、まだ「帆帆子」という名前に決まっていなかったとき、祖母が夢の中で、白い帆をいっぱいにはらんで走るヨットの群れを見たらしい。

よてい【予定】
どんなにつまっていても、本気の用事が入ったらいつでも変更可能でありたい。（⇨スケジュールを参照）

よのなか【世の中】
不平等の平等。生まれたときの環境や資質は、人間の感覚で判断するとたしかに不平等。でも、幸せになれるのは平等。

よみち【夜道】
歩くことが少なくなった。危険がなければ、結構好きな時間と場所。

よりみち【寄り道】
なにかに反応したら、気軽に寄り道。

よわい【弱い】
弱くて問題ある？とか思っちゃう。

ら

［ra］

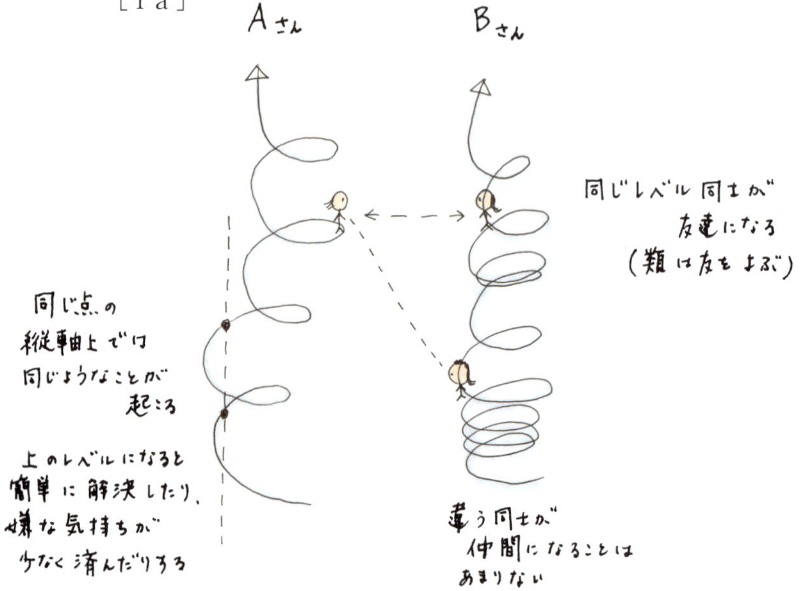

Aさん
Bさん
同じレベル同士が
友達になる
（類は友をよぶ）
同じ点の
縦軸上では
同じようなことが
起こる
上のレベルになると
簡単に解決したり、
嫌な気持ちが
少なく済んだりする
違う同士が
仲間になることは
あまりない

らせん【螺旋】

人の成長はらせん状だと思う。上に行けば行くほど、その人の精神レベル（魂のレベル）が上がり、起こる物事の質が変わっていく。精神レベルが同じ人同士が出会い、仲間になる。らせんの縦軸上には、同じ種類の事柄が起こりやすい。上に上がったときに起こることは、低かったときの自分よりも、うれしいことはより大きく、嫌なことはダメージが少なくて済んだりする。

らいきゃく【来客】

1か月に1回はディナー、1週間に1度はお茶の来客があると、家がきれいに保てる。

らいせ【来世】

今の人生をまっとうしていないうちに、次の人生のことを考えてもどうしようもない。今の生に蓄積したこと、やり残したことなどを全部含めて持ちこされると思うから、来世をよくしたいなら、今に集中。

ライバル【rival】

特に必要ない。モチベーションは自分でつくれる。

ライフワーク【lifework】

探すものではなく、いつのまにかそうなっているもの。

らくがき【落書き】

メモに落書きしたものがそのまま採用、ということってよくある。思わぬものが生まれる。

らくだい【落第】

別の方法があるよ……という、方向転換のお知らせ。

ラスベガス【Las Vegas】

幻想ワールド。とても男性的な街。一発逆転という「夢」はあるけれど、(長く滞在すると) 人間的な想像(創造) 力がなくなっていく気がする。本物の夢ではないので、はかない。

らたい【裸体】

美しいと思って描くのは自由だけれど、リアルな裸婦像をリビングなどに飾るのは……疑問(笑)。

らんぼう【乱暴】

粗野。不器用。こちらにゆとりがないと理解しにくい。

Florence, Italy

り

［ri］

りた【利他】

他人の幸せを考えることは、自分が幸せを感じることにつながる。でも！他人の幸せを考えるときに自分を犠牲にする必要はない。

リアクション【reaction】
うれしいことは、相手にもわかりやすく反応してあげよう。向こうのアクションに対してのお返し（reaction）だ。

リアル【real】
人生そのもの。自分の思いそのままが現われてくるから、かなりリアル。

リース【lease】
一時的にお借りして、必要なくなったら返す……ためこまないで流れをよくするいい仕組み。

リーダー【leader】
みんなに夢を与え続ける人。

りえき【利益】
喜んでもらった代価。いろんな形がある。

りかい【理解】
愛を持って他人を理解しようとする心が広がると、この世はグッと生きやすくなる。

りくつ【理屈】
理屈では正しくても、感情を無視すると物事はややこしくなる。

リクルート（活動）【recruit】
1．自分が本当に興味のあることを、常識や枠にとらわれずに自由に見つめるはじめの段階。
2．その一回で人生が決まると思わないように。はじめから理想の職場につくことができなくても、実はそれが自分の夢に続いていたということが、後でわかったりする。

りこてき【利己的】
それで本当に居心地がいいならいいけれど、そうではないから最後は必ずむなしくなる。

りこん【離婚】
役割が終わって離れること。

リスク【risk】
どんなことにもある。リスクが起きるとわかっていても進みたいことはある。そういうとき、なにか見えない力に押されているのを感じる。これが今回の人生で自分の進む方向なんだな。

リストアップ【list-up】
やりたいことと、やるべきことをリストアップする。やるべきことは時間を決めて、グワワワワワ〜と集中して終わらせる。やりたいことは見えるところに貼って、気持ちの盛り上がりを観察する……どれが一番気が乗っているかな？　その人の使命を生き始めると、やりたいこととやるべきことの境界線がなくなってくる。

リストラ【restructuring】
方向転換のチャンス。自分を見つめ直す神様からのチャンス。

リセット【reset】
次の日になったら、きのうまでの自分はリセット。

りそう【理想】
その人の心で考えられることしか思いつかない。だから、理想は実現可能。

リゾート【resort】
なぜか南国のイメージ。リゾートでしかできない格好を楽しむ。

リッチ【rich】
リッチな気分になると、まず言動が変わる。そして、それにふさわしい質になるように、心も変わる。

リネン【linen】
上質なリネンは生活を豊かにする。ベッドリネン、ナフキン、バスタオル……とりかえただけで心も変わる。

リビング(ルーム)【living room】
居心地のよい状態にするために、時間をかけて吟味すること。とりあえずの家具やものを置かないこと。

リフレッシュ【refresh】
お風呂。ためこむ前にリフレッシュすることが大事。

リボン【ribbon】
ポニーテールに大きなリボン、レースリボンのヘアーバンド……中学生時代のヘアースタイルを思い出す。ラッピングについているかわいいリボン、なかなか捨てられないのだけど、使い道はほとんどない。

りゆう【理由】
1．理由なく起こることはない。
2．理解できない言動にも、きっとその人なりの理由があった。

りゅうがく【留学】
チャンスがあったらしたほうがいい。どんな人でも、絶対に世界が広がる。

Florence, Italy

りゅうぎ【流儀】

その世界にあるやり方。それに違和感や文句があるならば、その世界には合わないということ。離れていたほうがいい。

りゅうこう【流行】

操作されているもの。

りゅうじん【竜神】

雲が竜神に見えることがある。

りょうけ【良家】

特権階級と思わないように！　そこに生まれた以上、役目を果たしてこそ、のもの。

りょうしん【良心】

善悪の判断なので、不変的なようで、実は人によってかなり違う。

りょうり【料理】

嫌いじゃないけど、まだはまっていない。いずれ上手になる予定（笑）。

りょかん【旅館】

お気に入りの旅館があるのって、大人～♡

りょこう【旅行】

誰と行くかが重要。私の場合は、恋人か、母がベスト。ひとり旅はできない。なにかに感じ入ったときに、その気持ちを誰かに話したくなるから。

リラックス【relax】

一日1回は、心からゆるんでリラックスする時間を持つこと。忙しい人ほど、リラックスする時間をきちんととっている。

りんねてんせい【輪廻転生】

私は、人間の魂は輪廻転生する（=前世がある）と思っている。そう考えると、つじつまの合うことがたくさんあるから。そして、そう考えたほうが人生が面白く、意味深くなるから。

Tokyo, Japan

る

［ru］

ルーズ【loose】

いつも時間にルーズな人って、本人にはあまり悪気がない。
時間を価値あるものと捉えていないんだろう。

るいせん【涙腺】
いつも泣いていると、ゆるくなる。

ルーム・サービス【room service】
大好き。

ルール【rule】
グループをまとめるときに役立つ。そのグループだけのルールをつくると、団結力が増す。

るす【留守】
留守であることが外にわからないようにしないと、現代では危険も多い。

ルネサンス【Renaissance】
イタリア。ルネサンスの文化をちょっとのぞいただけでも、ヨーロッパの歴史の深さを感じる。

ルルド【Lourdes】
聖母マリアが現われて奇跡が起こったとされる場所=本来は目に見えない神聖なものを見た場所……現代ではいたるところにあると思う。

れ

[re]

れいせい【冷静】

落ち着いて、自分の本当の気持ちを探ること。誰でも、時間をかければこの状態になれる。そのうち、いつでもこの状態を維持できるようになる。

れいかん【霊感】

1. 霊感のある人って、昔より増えたと思う。そういうものを違和感なく捉える人たちが増えたから、言いやすくなったのだろう。
2. 霊感にも、いろんなレベルがある。本来人間は、自分に必要なものを感じたり、察したりすることができるはず。魂のレベルが上がると、起こる現象やまわりのこと、すべてに敏感になる。見なくてもいいもの(おどろおどろしいもの)は見なくて済むようになる。見ないように調節できると思う。

れいぎ【礼儀】

人としてあるべき礼儀と、ある世界だけに共通する礼儀がある。基準のかけ離れている同士が接すると、違和感を覚える。

れいまいり【(お)礼参り】

うまくいったのは、見えないところで神様が動いてくれたおかげだ。無事にお願いがかなったら、忘れずにお礼にうかがおう。

レース【lace】

縁取りレースのついた白いハンカチを膝に広げただけで、「おしとやか」と言われたことがある。レースには、そういう効果があるんだな(笑)。

れきし【歴史】

1. 本当の事実は誰にもわからないところがいい。
2. こうしている今も、自分の歴史が着々とでき上がっている。自叙伝って、みんな書いたら面白いのになあ。

レベル【level】

優劣や上下ではなく、段階のこと。人の魂に上下のランクづけは絶対にないけれど、その成長度合いには段階があると思う。それぞれの段階にふさわしい出来事が起こり、それをクリアーすると魂のレベルが上がるので、ますます人生が面白く、生きやすくなる。

れんあい【恋愛】

パワーが出る。仕事も加速。

れんさい【連載】

1週間の早さを実感する。え？ もう締め切り？

れんどう【連動】

自分のまわりに起こることは連動している。心が変われば、まわりに起こる事柄も変わる。まわりに起こる事柄が変わってきたら、自分の心を観察すれば原因がわかる。

ろ

［ro］

ろうか【老化】

年を重ねること。自分の力でできることが増えていくこと。様々な価値観を知り、枠をなくして生きるようになること。

いろんな経験をしてきたんだから
「こうでなくちゃいけない」なんて枠は必要ないって、
もう知ってるでしょ⁉

ろうご【老後】
になったらなにかが変わる……はずはなく、多分、今の延長線上。今を楽しんでいる人はそのまま楽しいだろうし、今に不服な人は老後もなにかが物足りないだろう。

ろうそく【蝋燭】
キャンドルと言ったほうが、ロマンチックになる。生活に色がつく。

ろうどく【朗読】
得意。好きな童話、小説の中の素敵な表現や文章は、お風呂の中で朗読する。

ろさんじん【魯山人】
60代の私の母が目指しているもの(笑)。究極のアマチュアとして、自己満足に絵画や陶器などを追求し、自由に表現したいらしい。

ろちゅう【路駐】
「どうして私だけ駐禁(駐車禁止)をとられるわけ(怒)!!」……こういうときこそ、自分を振り返るチャンス。自分だけがつかまってしまっている理由がある。なにか思い上がっていないか、調子に乗っていないか……ちょっと見直したほうがいいですよ、という神様からのお知らせ。

ろてんぶろ【露天風呂】
知らない人と裸で入るのは、衛生的にもかなり抵抗がある。水着を着たくなる外国人の気持ちがよくわかる。ひとりで(または恋人と)なら、大好き。

ロマンチスト【romanticist】
「男性はロマンチストだから」なんて男性は言うけど、女性だって、男性と同じようにロマンチストだ。

ロンドン【London】
大学を卒業してロンドンに留学する直前、「あなたはロンドンに行くと、後に世に名前が出る」と、インドのある人に言われたことがある。留学中は忘れていたけれど、留学から戻って本を出したときに、その意味がわかった。ああいうのって、なんなんだろう……?　本の世界に入るきっかけをつくった思い出の場所。

ろんり【論理】
世の中には、論理で説明できなくても「真実であること」がたくさんある。

わ

［wa］

つまりね
うん
うん
相手がわかるように伝える努力をしないと
「わがまま」になる

わがまま【我儘】

大事なのは、「わがまま」ではなく「あるがまま」。
相手に自分の本音を伝えることはわがままではない。

ワイン【wine】
詳しくないけれど、お酒の中では一番好き。食事とセット。

わかさ【若さ】
体力。年をとってから振り返ると、きっとかけがえのない素晴らしいものなんだろう。

わからせる【分からせる】
わかっていない人に、頑張ってわからせることはない。時期がくれば、自分で気付く。その人が自分で気付くチャンスを邪魔してはいけない。

わきあがる【湧き上がる】
この気持ちがあるから本を書く。それがなくなったら、別のことをしようっと。

わきまえる【弁える】
自分のスケールで判断しないこと。パッと見ではわからなくても、相手は自分よりずっと広い世界を経験しているかもしれない。

わきやく【脇役】
役割の名前が違うだけで、主役と同じ。脇役があるからこそ、主役が主役をやっていられる。

わける【分ける】
分けたいと思える相手が増えてくると、幸せも増える。

わすれもの【忘れ物】
忘れ物をして戻らなくてはいけないとき、これもなにかの時間調整かな？ なんて思う。

わすれる【忘れる】
1. 嫌なことは、反省が済んだらとっとと忘れてなかったことにしよう。忘れることで気持ちがよくなるなら、忘れていい。
2. どんなに時間が経っても、魂が震えた素晴らしいことは絶対に忘れない。

ワッフル【waffle】
お皿いっぱいに大きな、アメリカンサイズのワッフルが好き。生クリームとバターとメイプルシロップをたっぷりかけるのだ。

わふく【和服】
着物はすごくいい。着物を着て出かけるシーンをたくさんつくりたい。和服のルールを知るのも楽しい。祖母、親、自分と世代が変わっても同じものを楽しめるなんて、すごいと思う。動作が奥ゆかしくなる……外側を変えると振る舞いが変わるのは本当だ。

わらう【笑う】
大爆笑を一日1回していると、体調がよくなる。

わりきる【割り切る】
望んでいないことをしなくてはいけないときは、「いい部分だけを見て進もう」と割り切ること。

わりこむ【割り込む】
急いでいるんだろうな〜。

わるぐち【悪口】
1. 悪口を言うときは、その人への文句を言うことで自分の正しさを認めてほしいとき。または、話している相手にも同じように思ってほしいとき。
2. 特別な感情と興味のある証拠。本当にどうでもよかったら、話題にも出さない。

ワンピース【one-piece】
好き。夏は特に多い。

Karuizawa, Japan

おわりに

その人自身が幸せと感じることが、その人の幸せ…
…他人の決めた基準ではなく、自分の感じる基準が
幸せ度合いだと、私は思います。
でもそれがすべてとなって、その「枠」を他人にも
押しつけようとするとおかしなことになりますよね。
その人の考え方はその人の自由。ぜひ、あなた自身
のDictionaryもつくってみてください。

今回、1000語の言葉を一緒に考え、たくさんのア
イディアを出してくださったサンマーク出版の池田
るり子さん、本当にありがとうございました。

写真はすべて、旅先で私が撮影したものです。
みなさまが、ますます自由にはばたきますように。

浅見帆帆子

浅見帆帆子　(Hohoko Asami)
作家・エッセイスト。1977年東京生まれ。青山学院大学卒業後、ロンドンへ留学、インテリアデザインを学ぶ。帰国後、執筆活動に入り、代表作『あなたは絶対！運がいい』(廣済堂出版)、『大丈夫！うまくいくから』(幻冬舎)、絵本『いつも忘れないで。』(ダイヤモンド社)、『宇宙につながると夢はかなう』(フォレスト出版)など、現在までに執筆した書籍は30冊以上、累計部数は280万部を超えるミリオンセラーとなる。人材教育として取り入れている企業や学校も多く、韓国、台湾、中国など、海外でも広く翻訳出版されている。近年、スケジュール帳やインテリアデザインのプロデュースなど、執筆以外の分野でも幅広く活躍している。現在、大手通信社「共同通信」の「NEWSmart」にて、コラム「浅見帆帆子 未来は自由」を連載、配信中。

浅見帆帆子公式HP
http://www.hohoko-style.com/

公式ケータイサイト 帆帆子の部屋
http://hohoko.jp

イラスト・写真　浅見帆帆子

カバー撮影・CG　渡辺研二(sémiotique)

自由になれる Dictionary

2011年4月15日　初版発行

2011年5月10日　第3刷発行

著　者　浅見帆帆子

発行人　植木宣隆

発行所　株式会社サンマーク出版

〒169-0075

東京都新宿区高田馬場2-16-11

電話　03-5272-3166(代表)

印刷・製本　共同印刷株式会社

定価はカバー、帯に表示してあります。

落丁、乱丁本はお取り替えいたします。

ISBN978-4-7631-3145-4 C0030

ホームページ　http://www.sunmark.co.jp

携帯サイト　http://www.sunmark.jp